WALT DISNEY
PICTURES PRÉSENTE

PIRATES des CARAÏBES

LA MALÉDICTION DU BLACK PEARL

WALT DISNEY
PICTURES PRÉSENTE

PIRATES des CARAÏBES

LA MALÉDICTION DU BLACK PEARL

Adapté par Pascal Loubet
D'après un scénario de Ted Elliot,
Terry Rossio, et Joy Wolpert
Un film de Walt Disney Pictures
Produit par Jerry Bruckheimer
Réalisé par Gore Verbinski

HACHETTE
Jeunesse

Oyez ! Il y a fort longtemps, une légende racontait qu'un noir vaisseau fantôme apparaissait parfois quand le brouillard se faisait dense. Oui-da, il déployait ses immenses voiles noires, comme si elles avaient été taillées dans l'ombre et cousues avec le fil du péché. Ses bois étaient souillés du sang d'âmes innocentes assez infortunées pour avoir croisé le chemin du noir vaisseau. Et son équipage, disait-on, se composait uniquement de pirates, voués par une malédiction à naviguer pour l'éternité, poussés par le vent mauvais du meurtre et du crime.

Mais bien sûr, une telle légende n'est rien de plus qu'une histoire de fantômes que racontent les marins. Et vous ne croyez pas aux fantômes, n'est-ce pas ?

Un épais brouillard voilait l'horizon et noyait la mer. Pourtant, l'*Intrépide*, fierté de la Marine Royale, avec son orgueilleuse proue ornée des armes rouges et bleues frappées de lions et de lys d'or, gardait le cap. Armé de cinquante canons et d'un équipage assez coriace pour que les pirates y réfléchissent à deux fois avant de l'affronter, l'*Intrépide* progressait lentement sur une mer plongée dans l'obscurité.

À sa proue, vêtue d'une longue robe gris perle à ramages ornée de dentelle, ses longs cheveux roux flottant sur ses épaules, se tenait sa plus jeune passagère. Élisabeth Swann faisait voile avec son père vers Port Royal, en Jamaïque, où il venait d'être nommé gouverneur. Malgré ses douze ans et sa taille menue, Élisabeth ne craignait pas du tout ce qui pouvait les guetter dans ce brouillard. Au contraire, au fond de son cœur, elle se disait que ce serait excitant de rencontrer un vrai pirate. Elle se rappela une vieille chanson et, lentement, en se balançant doucement dans le brouillard gris, elle se mit à chanter, rêveuse :

Yo ho, yo ho, la vie d'pirate pour moi,
Yo ho, yo ho, trinquons, mes jolis...

Soudain, une main se posa sur son épaule. Élisabeth se retourna et fixa de ses grands yeux un rude gaillard en vareuse bleue coiffé d'un haut de forme, au visage tanné et aux sourcils presque aussi broussailleux que ses favoris noirs.

– Tout doux, mademoiselle ! gronda l'homme avec un regard flamboyant. Ces satanés pirates écument les flots ! Vous voulez quand même pas qu'ils nous tombent dessus ? demanda-t-il en se penchant vers l'enfant.

–Monsieur Gibbs ! le réprimanda sèchement le capitaine Norrington, raide dans son uniforme d'officier de Sa Majesté bleu nuit à galons dorés. Cela ira comme ça.

–Mais elle chantait une chanson de pirates, protesta le quartier-maître. Ça porte malheur de chanter sur les pirates quand on patauge dans un brouillard surnaturel comme celui-là... C'est moi qui vous le dis.

–Nous vous en remercions, monsieur Gibbs. Vous pouvez disposer, le congédia froidement Norrington.

–À vos ordres, bougonna le quartier-maître en s'éloignant. Ça porte malheur aussi d'avoir une femme à bord, maugréa-t-il au passage. Même une femme miniature.

Et, cramponné à un cordage, avec un regard terrifié, il avala une rasade de gnôle pour se rassurer.

–Je crois que ce serait merveilleux de rencontrer un vrai pirate, dit timidement Élisabeth.

–Vous avez tort, mademoiselle Swann, sourit Norrington avec indulgence. Ce sont tous des êtres méprisables et corrompus. Je veux faire en sorte que tout marin qui navigue sous pavillon noir ou porte la marque des pirates reçoive ce qu'il mérite : un saut dans le vide suivi d'un arrêt rapide, ajouta-t-il avec un petit sourire glacial qui en disait long.

Derrière lui, Élisabeth vit le quartier-maître mimer en roulant des yeux une pendaison avec son foulard. Choquée, elle étouffa un cri. Au même instant, arriva sur le pont un homme à la lourde perruque, vêtu d'un habit de velours pourpre brodé de fil d'or et coiffé d'un tricorne couronné de plumes orange. C'était son père, le gouverneur Swann.

– Pardonnez-moi, capitaine, dit-il, j'apprécie votre ferveur, mais malheureusement, je dois me préoccuper des effets que ce sujet pourrait produire sur ma fille.

– Veuillez m'excuser, gouverneur Swann, dit Norrington en prenant congé.

– En fait, je trouve tout cela fascinant, dit Élisabeth à son père.

– Oui, c'est bien ce qui m'inquiète, justement, répondit-il en haussant les sourcils, en père auquel les extravagances de son enfant causent bien du souci.

Élisabeth hocha la tête, mais au fond d'elle-même, elle aspirait à rencontrer un jour un pirate. Sans un mot, elle contempla par-dessus le bastingage l'eau presque noire. Soudain, elle remarqua quelque chose qui flottait. C'était une ravissante ombrelle qui tournoyait lentement sur les vagues. Elle se demandait d'où elle pouvait bien venir, quand quelque chose de bien plus gros surgit lentement de la brume.

– Regardez ! cria-t-elle en tendant le bras.

Un corps inerte gisant sur des débris de planches dérivait vers le navire.

Le capitaine Norrington réagit aussitôt.

– Un homme à la mer ! cria-t-il.

Mais Élisabeth avait bien vu que ce n'était pas un homme.

– Un enfant à la mer, corrigea-t-elle, voyant que le naufragé devait avoir son âge.

– Allez chercher un grappin, vite ! Remontez-le à

bord ! ordonna le capitaine Norrington à ses hommes.

Élisabeth regarda l'équipage de l'*Intrépide* accrocher avec des grappins le corps sans vie qui passait le long de la coque.

Le gouverneur Swann aida le capitaine Norrington à ramener le garçon à bord et Élisabeth se faufila entre les marins pour le voir de plus près.

–Il respire encore! déclara Norrington, l'oreille posée près de la bouche du garçon.

–Mais d'où vient-il donc ? demanda le gouverneur Swann.

Les hommes de l'*Intrépide* ne pipèrent mot. Chacun scrutait la mer et cherchait une réponse, quand soudain, Gibbs poussa un cri :

–Sainte Marie, Mère de Dieu !

Élisabeth suivit son regard et vit les débris d'un naufrage entourés des cadavres d'un équipage. Puis, surgissant lentement du brouillard, la coque brûlée et noircie de l'infortuné navire où crépitaient encore quelques flammes.

–Que s'est-il passé ? interrogea le gouverneur.

–C'est probablement leur réserve de poudre qui aura explosé, assura Norrington d'un ton péremptoire. Les vaisseaux marchands sont lourdement armés.

–Ça leur a réussi, vraiment, bougonna Gibbs. Tout le monde le pense, mais moi je le dis. Ça, c'est l'œuvre… des pirates !

–Oh, mais nul ne peut le prouver, tempéra le gouverneur Swann. Cela peut être un accident.

Le capitaine Norrington, craignant que son quartier-maître ait vu juste, ordonna aussitôt à ses hommes de se préparer à la bataille.

– Tribord ! Détachez les chaloupes et mettez en panne ! Portez le garçon en poupe ! cria-t-il. Il faut débarrasser le pont !

Le gouverneur Swann arracha Élisabeth encore cramponnée au bastingage et l'éloigna de ce terrible spectacle.

– Élisabeth, j'aimerais que tu accompagnes ce petit, que tu prennes soin de lui, dit-il d'un ton lugubre alors que deux marins transportaient le corps derrière le gouvernail et qu'on lançait une chaloupe à la mer pour inspecter l'épave. Tu en seras responsable.

Élisabeth hocha la tête et alla s'agenouiller auprès du garçon que l'on avait à demi drapé dans une couverture, tandis que son père s'éloignait rapidement. Comme il semblait frêle, avec sa petite camisole grise et son gilet de drap noir. Et comme il était pâle, aussi. Elle balaya d'un geste délicat les cheveux de son front. Le garçon sursauta et ouvrit les yeux en lui saisissant brusquement la main.

– Il n'y a pas de danger. Je m'appelle Élisabeth Swann, l'apaisa-t-elle gentiment.

– Will Turner, murmura-t-il.

– Je veillerai sur toi, Will, lui promit-elle pour le réconforter.

Puis il sombra de nouveau dans l'inconscience.

En bougeant, son col s'était ouvert et Élisabeth, intriguée, aperçut une chaîne et un médaillon en or. Elle les lui ôta et les retourna dans sa main, espérant en savoir plus sur son identité. À sa stupéfaction, elle vit, gravés dans le métal, un crâne et des tibias entrecroisés !

– Mais tu es... un pirate ! chuchota-t-elle.

Elle dissimula précipitamment le médaillon derrière son dos en voyant arriver Norrington.

– A-t-il dit quelque chose ? demanda-t-il en se penchant sur le jeune homme.

– Il s'appelle William Turner, répondit-elle. Je n'ai rien découvert d'autre.

– Très bien, emmenez-le, dit le capitaine en reprenant son chemin.

Quand Élisabeth fut certaine qu'il était bien parti, elle alla à l'écart, sortit le médaillon de sous sa robe et le regarda de nouveau. Mais une scène qui l'effraya bien trop pour qu'elle puisse bouger ou crier attira soudain son attention. Du brouillard venait de surgir un immense navire aux voiles noires et déchiquetées. Au grand mât flottait un pavillon arborant un crâne et des sabres entrecroisés ! Et, tandis que le navire disparaissait de nouveau dans le brouillard pour échapper aux tirs de canon de l'*Intrépide*, le crâne du drapeau sembla se tourner vers Élisabeth et lui sourire.

2

Élisabeth ouvrit brusquement les yeux. Elle était dans son lit, bien à l'abri dans la demeure du gouverneur. Elle se demanda un instant si elle avait rêvé. Puis elle haussa la flamme de la lampe à pétrole qui se trouvait sur son chevet, se leva et alla ouvrir le petit tiroir de son coffret à bijoux. C'est là, sous une trappe secrète dissimulée par des papiers, du linge et des colifichets, que se trouvait bien à l'abri le médaillon qu'elle avait secrètement dérobé au cou de Will Turner huit ans plus tôt. Du pouce, elle essuya la poussière qui s'était accumulée à la surface et en ternissait l'éclat. Puis, pensivement, elle alla à sa coiffeuse, l'accrocha à son cou et se regarda longuement dans son miroir. La fillette qui avait traversé l'Atlantique à bord de l'*Intrépide* était devenue une belle jeune fille aux grands yeux bruns en amande et aux épaisses boucles châtain.

Soudain, on frappa à la porte.

–Élisabeth ? Es-tu décente ?

Elle courut précipitamment à son lit pour enfiler son peignoir et dissimula prestement le médaillon dans son corsage.

–Oui !

–Oh, encore endormie à cette heure ? dit le gouverneur Swann en entrant, accompagné d'une servante chargée d'une grande boîte. Le gouverneur portait un habit bleu à jabot de dentelle et galons dorés, et la lourde perruque brune qu'il arborait lors de leur arrivée avait maintenant été remplacée par une perruque identique et tout aussi opulente, mais grise.

La femme de chambre tira les lourdes tentures, laissant entrer la luminosité du ciel bleu et les rayons du soleil matinal. La résidence du gouverneur dominait toute l'anse de Port Royal, où étaient amarrés des navires et où était blottie la coquette petite ville gardée par les canons de Fort Charles, qui se dressait sur les falaises au bord de la mer.

–C'est une journée merveilleuse, continua le gouverneur. Et j'ai un présent pour toi !

Il ouvrit la boîte et découvrit une élégante robe de velours.

–Oh, elle est... magnifique ! s'exclama Élisabeth, ravie, en la sortant aussitôt. Pourrais-je savoir en quel honneur ?

–Est-ce qu'un père a besoin d'un prétexte pour offrir un petit cadeau à sa fille ? Bon, allez... À vrai dire... j'espérais que tu accepterais de la porter pour la cérémonie de tout à l'heure, dit-il pendant qu'Élisabeth essayait prestement sa robe derrière un paravent.

–La cérémonie ? demanda-t-elle.

–La cérémonie de promotion du capitaine Norrington.

–Je m'en doutais, répondit Élisabeth en passant la tête par le côté du paravent, tandis que sa femme de chambre laçait son corset.

–Du commodore Norrington, devrais-je dire, puisqu'il le sera bientôt.

Élisabeth savait très bien que son père aurait vu d'un bon œil qu'elle épouse le capitaine Norrington, mais cela ne l'intéressait pas du tout.

–C'est un gentleman très distingué, tu ne penses pas ? ajouta son père pour tenter de la fléchir. Et il te trouve à son goût, tu sais.

Derrière le paravent, Élisabeth fronça les sourcils et étouffa un cri. La robe était magnifique, mais bien trop serrée. Dire qu'elle allait devoir la porter pendant des heures !

–Élisabeth ? Tout se passe bien ? s'inquiéta son père.

–C'est difficile à dire, haleta-t-elle en se débattant dans son corset.

–On m'a dit que c'était le dernier cri à Londres, dit son père en souriant à sa charmante fille.

–Les femmes de Londres doivent avoir appris à ne plus respirer, répondit Élisabeth en essayant d'ajuster la robe et de reprendre son souffle, tandis que les deux domestiques tiraient énergiquement sur les lacets.

Pendant ce temps, au rez-de-chaussée, un long étui sous le bras, un jeune homme modestement vêtu d'un habit brun faisait les cent pas sur les dalles du hall somptueusement orné de tableaux, de bustes et de grands vases précieux en porcelaine de Chine. Intimidé et n'osant s'asseoir sur l'un des deux fauteuils richement tapissés, il alla examiner la grosse horloge dont le tic-tac résonnait dans la vaste pièce, puis il s'approcha d'un chandelier en applique dont il voulut rajuster une branche. Malheureusement, la branche de bronze lui resta dans la main. Confus, le jeune homme essaya de la fourrer dans sa poche, qui était trop petite, et voulant dissimuler cette maladresse, il finit par le glisser dans le porte-parapluie à côté de la porte, juste à temps pour ne pas se faire surprendre par un laquais qui arrivait.

Un majordome en livrée brune entra dans la chambre d'Élisabeth et interrompit les préparatifs en s'inclinant cérémonieusement.

– Monsieur, vous avez un visiteur.

Le gouverneur Swann descendit l'escalier et accueillit le jeune homme avec sa bonhomie habituelle. C'était Will Turner, devenu à présent un beau jeune homme brun de vingt ans et un forgeron de métier.

– Ah, monsieur Turner ! dit le gouverneur. Quel plaisir de vous revoir.

– Bonjour, monsieur, répondit Will en posant avec un grand sourire l'étui sur la table décorée d'un splendide bouquet de fleurs et de fruits. J'apporte votre commande.

Le gouverneur était très impatient de voir l'épée que lui apportait Will. Celui-ci ouvrit l'étui et la lui remit cérémonieusement. Le gouverneur sourit de satisfaction et la sortit de son fourreau. L'épée d'apparat en or et en acier allait être offerte lors de la cérémonie au commodore Norrington. Will avait fait du très beau travail.

– Lame en acier feuilleté, précisa Will. Et il y a aussi un filigrane en or sur la poignée. Vous permettez ? demanda-t-il en reprenant poliment l'arme des mains du gouverneur et en la posant sur son index. L'équilibre idéal. Et la soie est parfaitement adaptée.

– Impressionnant, dit le gouverneur. Le commodore Norrington sera extrêmement satisfait, mon cher. Veuillez transmettre mes compliments à votre maître.

– Je le ferai. Un artisan aime à savoir que son travail est apprécié, s'inclina Will en souriant.

Il était en train de ranger précautionneusement l'épée dans son étui, quand il leva les yeux et vit Élisabeth qui descendait l'escalier. Avec sa nouvelle robe et son minuscule chapeau, nimbée par la lumière qui filtrait des hautes fenêtres, elle était plus belle que jamais. Un grand sourire se peignit sur le visage de Will qui ne la quitta pas des yeux tandis qu'elle descendait les dernières marches avec grâce.

– Ah, Élisabeth, tu es éblouissante ! dit le gouverneur Swann, admiratif.

– Will ! s'exclama la jeune fille avec un sourire qui

trahissait ses sentiments pour lui. Je suis si heureuse de vous voir. J'ai même rêvé de vous hier soir.

–Rêvé de moi ?

–Élisabeth, est-il vraiment convenable... commença le gouverneur, un peu embarrassé par le tour que prenait la conversation.

–J'ai rêvé du jour de notre rencontre, continua la jeune femme sans relever les yeux rivés sur Will. Vous vous souvenez ?

–Jamais je ne l'oublierai, mademoiselle, répondit Will.

–Combien de fois devrai-je vous dire de m'appeler Élisabeth ?

–Au moins une fois de plus, mademoiselle. Comme toujours.

–Là, tu vois ? intervint son père. Ce garçon, au moins, a le sens des convenances. À présent, il faut vraiment que nous partions, enchaîna-t-il précipitamment tandis que des domestiques apparaissaient. Ma chérie ?

Il prit l'étui sous son bras et entraîna rapidement Élisabeth, suivi de son entourage et de ses laquais.

–Au revoir, monsieur Turner, dit Élisabeth, avec un dernier sourire au charmant jeune homme.

–Dépêche-toi, la pressa son père.

Elle troussa sa robe pour monter dans l'attelage avec son père. Will courut sur le perron bordé de bananiers et d'hibiscus, et resta à regarder la calèche franchir les grandes grilles du parc de la résidence pour gagner Port Royal.

–Au revoir, cria-t-il, avant d'ajouter dans un murmure et avec un regard éperdu d'amour : Élisabeth...

– J'espère que tu seras décente devant le commodore Norrington. Après tout, c'est grâce à lui que Port Royal est enfin civilisé, dit le gouverneur, tandis que la calèche et ses deux valets de pied en livrée immaculée roulait entre les palmiers en direction de Fort Charles, traversant les rues de la jolie ville de Port Royal.

Élisabeth ne répondit pas : la calèche venait de passer en cahotant dans la boue devant un mendiant qui mangeait un maigre et infect brouet dans une écuelle de bois. Parfois, elle se disait qu'à force de ne fréquenter que l'aristocratie dans son élégante demeure sur les hauteurs de la ville, son père vivait dans une charmante illusion. Peut-être valait-il mieux ne pas tenter de le détromper.

Pendant ce temps, à quelques encablures de Fort Charles, juché au sommet d'un mât, un homme contemplait le port. Avec son tricorne de cuir, sa chemise débraillée, sa redingote grise défraîchie, son pistolet passé dans sa ceinture et son épée au côté, il aurait pu avoir fière allure. Mais il avait connu des jours meilleurs, car pour l'heure, le frêle esquif qui le menait à Port Royal prenait tellement l'eau qu'il menaçait de sombrer. Jugeant la situation critique, l'homme sauta de son perchoir et entreprit d'écoper frénétiquement.

Il arrivait en vue de la rade étincelante sous le soleil où était amarré l'*Intrépide*. Le navire était là pour protéger les habitants de Port Royal de la menace des voleurs et des pirates. Et au cas où sa présence n'aurait pas suffi à dissuader les bandits, les squelettes de trois pirates se balançaient aux gibets dominant le port. Le quatrième gibet était vacant, et sur la corde était accrochée une grande pancarte de bois qui annonçait :

PIRATES ! VOUS VOILÀ PRÉVENUS !

Respectueusement, l'homme s'interrompit dans sa tâche, se releva et ôta son tricorne qu'il posa avec révérence sur son cœur pour leur rendre hommage, et inclina sa tête coiffée d'un foulard rouge, tandis que sa barque s'enfonçait dangereusement.

Dans la rade, marins et ouvriers qui s'affairaient à charger et décharger barils de rhum et balles de coton des navires s'arrêtèrent : sous leurs yeux ébahis, l'homme, à nouveau flegmatiquement perché au sommet de son mât qui dépassait à peine de l'eau, arriva au bout de la jetée et sauta majestueusement d'une élégante enjambée sur le ponton de bois.

Cet homme, c'était l'un des pirates les plus rusés qui aient jamais hanté les mers des Caraïbes : le célèbre et redoutable Jack Sparrow.

Il s'arrêta un bref instant pour contempler les vaisseaux à l'ancre : car le capitaine n'était pas venu à Port Royal pour se distraire. Il était là avec la ferme intention de se procurer un plus gros navire.

Il contempla longuement l'*Intrépide*. Et, bien que sachant que c'était un puissant vaisseau avec ses cinquante canons, c'est vers tout autre chose qu'il tourna son attention : l'*Intercepteur*, un petit navire élancé équipé de canons et d'un mortier sur le pont principal. Il était amarré sous les falaises de Fort Charles.

Jack ne perdait jamais de temps quand il voyait quelque chose qu'il désirait. Il continua nonchalamment sa marche vers le quai.

L'officier du port, un homme en habit blanc et à besicles de comptable, accompagné d'un petit négrillon, croisa ce personnage haut en couleur qui avait l'air d'un bohémien et le héla.

– Hé vous, là ! Une minute ! cria-t-il, soupçonneux à la vue de cet homme dépeigné, aux yeux fardés et aux cheveux et à la barbe tressés de perles multicolores. Il en coûte un shilling pour amarrer son bateau à quai, annonça-t-il, pointilleux.

Sans répondre, Jack se campa, une main sur la hanche, et contempla d'un air désolé le bout du mât de sa barque qui disparaissait sous les eaux en gargouillant.

– Et j'aurai besoin de votre nom, ajouta l'officier qui ouvrit son registre et le lui tendit.

– Que diriez-vous de trois shillings, et nous oublierons le nom ? répondit Jack avec un sourire en jetant les pièces sur le registre.

L'officier du port changea d'expression, comme s'il avait mal jugé Jack. Il referma le registre d'un long doigt crochu.

– Bienvenue à Port Royal, monsieur Smith ! dit-il en s'écartant.

Après s'être légèrement incliné, Jack ajusta son épée et remonta le ponton en souriant. Au passage, il s'arrêta devant l'écritoire de l'officier, s'empara d'une petite bourse qui y était posée, la fit tinter et l'empocha. Décidément, cela allait être une bien belle journée !

Pendant ce temps, à Fort Charles, la cérémonie commençait. Malgré la chaleur, sur l'estrade officielle, toutes les dames élégantes avaient revêtu leurs plus belles toilettes et s'éventaient à qui mieux mieux. Tout ce que Port Royal comptait d'important avait voulu être là pour assister à la promotion du capitaine Norrington au prestigieux grade de commodore. Dans la grande cour du fort, sur neuf rangs, étaient alignés de part et d'autre les marins de Sa Majesté en vareuses bleues et pantalons blancs, et les officiers de la Marine en uniformes bleus, culottes et bas de soie. Au son des fifres et des tambours entra alors le régiment des fusiliers, resplendissants dans leurs uniformes rouges à baudriers blancs et guêtres de cuir noir.

– Deux pas en avant ! cria l'officier. Demi-tour... droite !

Sous le regard bienveillant du gouverneur qui attendait en haut des marches, la troupe s'aligna pour faire une haie d'honneur au futur commodore Norrington. Celui-ci apparut à la porte, revêtu de sa plus belle tenue d'apparat à galons dorés, cravate blanche et cordon de l'Ordre de Malte sur la poitrine.

– Présentez... armes !

Coiffé de son tricorne à cocarde d'or bordé de plumes et revêtu du nouvel uniforme de sa fonction, bleu et blanc à parements et galons dorés, culotte blanche et souliers à boucle, le futur commodore, mains croisées derrière le dos comme à son habitude, s'avança vers l'estrade entre les soldats. Sous le soleil qui dardait ses impitoyables rayons, Élisabeth poussa un soupir et s'éventa de plus belle. Le gouverneur Swann sortit l'épée de son étui et la lui tendit. Sans un mot, le commodore la dégaina et leva en connaisseur la lame devant ses yeux. Pendant ce temps, Élisabeth, au supplice, tentait de desserrer discrètement le corset qui l'emprisonnait.

De son côté, Jack, qui avait décidé de fureter du côté de l'*Intercepteur*, trouva deux marins qui montaient la garde quand il s'approcha de la passerelle d'embarquement.

– Ce quai est strictement interdit aux civils ! l'avertit l'un des hommes.

– Je n'en savais rien, je vous demande pardon, badina Jack. Si j'en vois un, je vous en informerai immédiatement, leur assura-t-il gravement en tentant de passer quand même. (Il entendit la musique de la cérémonie qui se déroulait à Fort Charles. Il mit une main en visière et leva les yeux.) Apparemment, il y a comme une fiesta de la haute société dans la cour du fort, non ? Comment se fait-il que deux hommes aussi remarquables que vous semblez l'être n'aient pas mérité une invitation ? demanda-t-il d'un air compatissant.

– On a besoin de nous pour interdire l'accès de ce quai aux civils, répondit le garde en toisant les vêtements déguenillés de Jack.

– Oui, opina celui-ci. C'est un but très louable, bien sûr. Mais j'ai bien l'impression que... qu'un navire pareil... (Les deux gardes se retournèrent vers l'*Intrépide*.) rend celui-là un peu superflu, pour ainsi dire.

– Oh, l'*Intrépide* est le prince des océans, ça c'est

vrai, affirma le second garde. Mais aucun navire ne peut battre l'*Intercepteur*, question vitesse.

C'était ce navire dont le commodore Norrington allait prendre la barre pour traquer les derniers pirates des Caraïbes.

Un doigt coquettement posé sur la lèvre inférieure, Jack rejeta la tête en arrière et considéra l'*Intercepteur* d'un œil roublard.

–Je crois qu'il y en a un, on ne peut même pas le rattraper. Dans le genre, c'est le champion, leur assura-t-il sur le ton de la confidence. Le *Black Pearl*.

Les deux gardes eurent un petit rire condescendant.

–Non, il n'y a pas de vrai navire capable de battre l'*Intercepteur*, dit le premier.

–Le *Black Pearl* est un vrai navire, le corrigea immédiatement l'autre.

–Non, bien sûr que non !

–Je l'ai vu naviguer, affirma son compagnon.

–Tu l'as vu naviguer ? s'amusa le premier.

–Oui !

–Je suis sûr que tu ne l'as pas vu !

–Si ! Je l'ai vu !

Jack fronça les sourcils et croisa les bras. Sentant que les deux hommes s'étaient embarqués dans une longue et très ennuyeuse discussion, il leva les yeux au ciel.

–Ah bon ? Tu as vu un navire avec des voiles noires, tout un équipage de démons et un capitaine maléfique tellement monstrueux que le roi de l'enfer l'a immédiatement recraché ? Tu aurais vu tout ça, toi ?

–Non, concéda le garde.

–Non, s'amusa son compagnon. Mais j'ai vu un navire avec des voiles noires.

–Oh ! Et comme tous les navires qui ont des voiles noires ont un équipage de démons et un capitaine tellement maléfique que l'enfer l'a immédiatement recraché, débita le garde d'un ton moqueur, c'est évident que cela ne pouvait être que le *Black Pearl*, c'est cela que tu veux dire ?

–Non, sourit narquoisement le second.

Tous deux étaient tellement absorbés par leur discussion sur la réalité de l'existence du célèbre vaisseau à la sinistre réputation, qu'ils se rendirent compte trop tard que Jack avait subrepticement filé dans leur dos sur la passerelle d'embarquement de l'*Intercepteur* et était déjà perché à la barre.

–Hé ! Toi ! cria le garde en se précipitant sur le pont du navire avec son compagnon. Éloigne-toi de là ! Tu n'as pas la permission de monter à bord de ce navire.

–Excusez-moi, dit innocemment Jack, alors que les deux hommes gravissaient l'escalier du gaillard et braquaient leurs fusils sur lui. Je n'ai pas pu résister, c'est un superbe bateau... pardon... navire, continua-t-il en posant sa main baguée sur le gouvernail.

–Comment tu t'appelles ? demanda le garde.

–Smith, répondit Jack d'un ton enjoué. Ou Smithie, pour les intimes.

–Et quelle est la raison de votre présence à Port Royal, monsieur Smith ? Et pas d'entourloupes !

–Pas la moindre ? Très bien, soupira Jack. Autant

avouer. J'ai l'intention de réquisitionner l'un de ces bâtiments, de lever un équipage à Tortuga, de faire voile et de piller, voler et saccager, comme un forban sans âme et sans cœur, conclut-il en s'accrochant nonchalamment à un cordage et en prenant la pose.

– J'ai dit : pas d'entourloupes ! fit le garde, décontenancé.

– Je crois qu'il dit la vérité, fit l'autre garde.

– S'il disait la vérité, jamais il ne nous l'aurait dit, ergota le premier.

Son compagnon ne trouvant rien à répondre, Jack vint à son secours :

– Sauf s'il savait que vous refuseriez de le croire, même s'il avouait tout, sourit-il.

Au fort, la cérémonie continuait. Après la promotion au grade de commodore du capitaine Norrington et la remise de son épée, des rafraîchissements étaient servis aux nombreux invités sous les voûtes de la salle donnant sur les remparts.

– Puis-je vous voir un moment ? demanda le commodore Norrington à Élisabeth, qui souffrait de plus en plus de la chaleur et de son corset trop serré. Vous êtes ravissante, continua-t-il en l'entraînant sur les remparts prendre un peu d'air frais.

Élisabeth, trop incommodée pour répondre, s'efforça cependant de sourire.

– Veuillez me pardonner si je vous semble audacieux, mais je dois vous ouvrir mon cœur, dit-il en contemplant le large, tandis que derrière lui, Élisabeth, appuyée au clocher, haletait péniblement. Cette promotion met en relief tout ce que je n'ai pas encore réussi à accomplir. (Il se retourna brusquement vers elle, sans voir qu'elle était incommodée.) Un mariage avec une femme parfaite. Et vous êtes devenue une femme parfaite, Élisabeth.

– J'ai le souffle coupé, haleta-t-elle, une main sur la poitrine.

– Oui... Je suis un peu nerveux moi-même, répondit Norrington, tout à ses pensées.

Soudain, Élisabeth, prise d'un étourdissement, s'évanouit, bascula par-dessus le rempart et fut précipitée dans les vagues à quelques pieds de l'*Intercepteur*, où Jack continuait d'embobiner les deux gardes.

– C'est là qu'ils m'ont pris pour chef, racontait-il, assis sur le bastingage, comme un vieil acteur qui cabotine devant des admirateurs bouche bée.

4

–Élisabeth ? demanda Norrington qui ne l'avait pas vue tomber.

Soudain, il aperçut en bas la jeune fille qui se débattait.

–Élisabeth ! cria-t-il à pleins poumons.

Alertés par son cri, des soldats se précipitèrent à leur tour aux remparts.

–Les rochers, monsieur ! C'est un miracle qu'elle leur ait échappé ! dit le lieutenant Gillette en retenant Norrington qui avait déjà ôté son manteau et était prêt à plonger à son tour.

Le commodore Norrington et le gouverneur Swann se précipitèrent au bas de la falaise et gagnèrent le port.

Le capitaine Jack Sparrow considéra toute la scène avec agacement.

–Et c'est maintenant que vous envisagez de la sauver ? demanda-t-il aux deux gardes tandis qu'Élisabeth se débattait dans l'eau.

Les deux hommes le dévisagèrent.

– Mais je ne sais pas nager, moi, avoua l'un.

Apparemment, l'autre non plus, car il se contenta de secouer la tête.

– Et c'est vous la fierté de la Marine Royale ? s'indigna Jack, ennuyé de cet incident qui allait retarder le vol de l'*Intercepteur*. Très bien, dit-il en leur tendant redingote, ceinturon, épée, tricorne et pistolet. Ne les perdez pas !

Il plongea et nagea vers Élisabeth qui commençait à se noyer. Elle coulait lentement dans l'eau sombre, entourée de sa robe de velours comme d'une corolle, son médaillon flottant doucement à son cou, quand Jack la saisit soudain d'un bras ferme à la taille.

Un vent froid se leva et fit claquer le pavillon de l'*Intrépide*. Sur le gibet, les trois squelettes commencèrent à se balancer lentement.

– C'est quoi, ça ? demanda l'un des gardes, inquiet, en retenant son tricorne qui menaçait de s'envoler.

Sur la grève, des pêcheurs se retournèrent, surpris par ce vent soudain qui se levait. Dans la ville, une enseigne se balança et un volet claqua. Les gens coururent se réfugier chez eux tandis que de brusques rafales soulevaient la poussière. Dans le fort, l'orchestre, inconscient du drame qui venait de se dérouler, continuait imperturbablement à jouer, malgré la brise qui faisait voleter les partitions. Les dames, surprises, retinrent leurs chapeaux.

Dans l'eau, Jack peinait : il avait beau être un excellent nageur, il ne parvint pas à ramener Élisabeth à la surface. Il se rendit rapidement compte que c'était le poids de la robe qui les entraînait. Il arracha les boutons et le lourd vêtement coula, tandis qu'ils remontaient à l'air libre.

Pendant ce temps, de noirs nuages s'amoncelaient dans le ciel et le vent de plus en plus violent secouait les têtes des palmiers.

Les gardes l'aidèrent à hisser Élisabeth inanimée sur le quai.

– Elle ne respire plus, dit l'un d'eux en posant son oreille contre son nez et sa bouche.

– Dégagez ! ordonna Jack en dégainant soudain le couteau de l'un des gardes et en se baissant vers la jeune fille.

Sous les yeux ébahis des deux gardes, il fendit le corset d'Élisabeth. Celle-ci se mit aussitôt à tousser et à cracher.

– Jamais je n'y aurais pensé, dit le garde.

– Vous ne connaissez pas les femmes de Singapour, répondit Jack avec un sourire diabolique.

Soudain, il remarqua le médaillon et le souleva.

– Où avez-vous trouvé ça ? demanda-t-il à Élisabeth qui reprenait ses sens et ouvrait les yeux.

Elle allait répondre, quand Jack sentit brusquement une lame sur sa nuque.

– Relevez-vous ! ordonna le commodore Norrington, qui était arrivé avec un peloton de gardes et le gouverneur.

Le pirate voulut expliquer son geste, mais il comprit que c'était inutile.

– Juste ciel, Élisabeth ! Tout va bien ? s'enquit son père en ôtant précipitamment son manteau pour l'en recouvrir.

– Oui, oui, je vais bien, répondit-elle.

Le gouverneur posa un regard outré sur le garde qui tenait encore le corset et qui le reposa précipitamment en désignant Jack comme le coupable de cette indécence.

– Tuez cet homme ! dit le gouverneur.

– Non, non, père, intervint alors Élisabeth. Commodore, avez-vous vraiment l'intention de tuer mon sauveur ?

Le commodore et ses hommes hésitèrent, puis il rengainèrent leurs épées.

– Des remerciements semblent s'imposer, dit Norrington en tendant la main à Jack.

Alors que celui-ci la prenait sans méfiance, le commodore lui retroussa sa manche et dévoila un P marqué au fer rouge sur son avant-bras.

– La Compagnie des Indes vous a laissé un souvenir cuisant... Pirate ! dit-il.

– Qu'on le pende ! ordonna le gouverneur.

– Gardez-le en joue ! commanda Norrington. Gillette ! Apportez-moi des fers !

Les gardes levèrent leurs fusils. Norrington retroussa un peu plus la manche et découvrit un tatouage à l'encre bleue représentant un oiseau volant au-dessus de vagues.

–Tiens, tiens… fit-il. Jack Sparrow, n'est-ce pas ?

–CAPITAINE Jack Sparrow, pour être précis, minauda Jack.

–Mais je ne vois pas votre navire, capitaine ? ironisa le commodore.

–Je suis sur le marché. Depuis peu.

–Il a dit qu'il était venu en réquisitionner un, dit l'un des gardes.

–Tu vois qu'il disait la vérité, intervint son compagnon. Ça, c'est à lui, monsieur, ajouta-t-il en ramassant le ceinturon et le pistolet de Jack, qui voulut s'avancer pour les récupérer.

Norrington les examina et ricana.

–Pas de balle en réserve… Pas de poudre… Un compas qui ne fonctionne pas… Et je m'attendais presque à une épée en bois, conclut-il en dégainant l'arme de Jack, qui sourit piteusement. Vous êtes sans nul doute le pirate le plus pitoyable dont j'aie jamais entendu parler, se moqua-t-il.

–Ah, mais au moins, vous avez entendu parler de moi, plaisanta Jack.

Norrington avait assez vu cet homme pour savoir qu'il allait le faire pendre le lendemain matin avec les autres pirates détenus à Fort Charles. Il l'empoigna et l'entraîna sans ménagement.

–Commodore, s'écria Élisabeth en courant derrière eux. Je me dois de protester ! Pirate ou non, cet homme m'a sauvé la vie !

Mais le commodore Norrington n'avait pas l'intention de céder.

– Une bonne action ne suffit pas à racheter un passé de débauche et de perversité, répondit-il.

– Mais cela suffit pour le condamner à mort, fit observer Jack pendant que le lieutenant Gillette lui passait les fers aux poignets.

– C'est exact, répliqua sèchement Norrington.

– Ah, c'est pas trop tôt... soupira Jack une fois que Gillette eut terminé.

D'un geste vif, il passa la chaîne de ses menottes autour du cou d'Élisabeth qui poussa un cri de surprise. Les quatre hommes furent un instant pris de court en le voyant menacer d'étrangler la jeune fille. À présent, tous le tenaient à bout portant, mais le commodore Norrington leva la main pour retenir ses hommes. Jack se servait d'Élisabeth comme bouclier et le commodore craignait qu'elle n'y laisse la vie.

– Vous voyez, on se comprend ! fit-il avec un sourire diabolique. Commodore Norrington, mes effets, je vous prie. Et mon tricorne !

Puis, comme Norrington hésitait :

– Commodore ! répéta-t-il d'une voix impérieuse.

Avec un soupir, le commodore fit signe à l'un de ses hommes d'apporter les effets de Jack.

– Élisabeth... Élisabeth, c'est ça ? lui demanda Jack à l'oreille sans desserrer son emprise.

– Mademoiselle Swann ! grinça-t-elle, à demi étranglée.

– Mademoiselle, reprit-il, auriez-vous l'obligeance... (Puis, à Norrington qui ne se pressait pas assez à son gré :) Dépêchez, on n'a pas toute la journée !

Jack s'empara prestement du pistolet qu'on lui tendait et le braqua sur la tempe d'Élisabeth tout en commençant à reculer sur le quai.

– J'ai encore besoin de votre aide, lui dit-il.

Il la retourna face à lui et d'un regard éloquent, lui indiqua de lui boucler son ceinturon et de le coiffer de son tricorne. Élisabeth s'exécuta rageusement, forcée de se coller contre lui, tandis que Jack roulait de grands yeux et narguait le commodore excédé.

– Oh ! Attention aux bijoux de famille, fit-il.

– Vous êtes méprisable ! répondit-elle.

– Le crapaud et la blanche colombe... Je vous ai sauvé la vie, se contenta-t-il de répliquer. À présent, vous sauvez la mienne. Nous sommes quittes. Chers amis, *milady*, annonça-t-il alors, que cette journée demeure celle où vous avez FAILLI capturer le capitaine Jack Sparrow.

Et sur ces mots, il repoussa Élisabeth, saisit un cordage d'une potence à laquelle était suspendu un lourd canon, débloqua la manivelle et, sous le poids de l'énorme masse, s'éleva dans les airs tandis que le canon tombait de toute sa hauteur sur le ponton et en fracassait les planches, faisant trébucher et tomber les hommes qui s'étaient élancés à sa poursuite.

Parvenu en haut, Jack profita de son élan et, d'un vif coup de pied, fit tourner la potence sur son axe.

– Qu'attendez-vous pour tuer cet homme ? s'indigna le gouverneur.

– Feu à volonté ! cria Norrington.

Les gardes se mirent à tirer sur Jack qui, suspendu

au bout de sa corde au-dessus de leurs têtes, tournait toujours comme une girouette, emporté par son élan, en poussant des cris. Ayant miraculeusement évité les balles, il finit par atteindre une deuxième potence, s'y posa de justesse, vacilla un instant et avisa un câble fixé à son sommet. Sans réfléchir davantage, il passa la chaîne de ses menottes par-dessus le câble, la saisit des deux mains et s'élança le long du câble au-dessus du ponton.

– Rattrapez-le ! s'écria Norrington.

Une escouade de marins s'élança tandis que Jack se laissait tomber au bout du ponton et prenait ses jambes à son cou sous un tir nourri.

– Gillette, dit Norrington à son second, les dents serrées en le regardant s'enfuir. Monsieur Sparrow a rendez-vous à l'aube avec la potence. Et son absence me déplairait !

Sans un mot, l'officier inclina la tête et fit signe à ses hommes de le suivre. Une escouade s'élança dans les rues de Port Royal. La chasse à Jack Sparrow était ouverte !

Pendant ce temps, l'air continuait de fraîchir et un épais brouillard commençait à se lever sur le port.

Les poursuivants passèrent les poternes et se dispersèrent rapidement en petits groupes dans les ruelles. Le brouillard avait envahi la ville et l'on n'y voyait goutte. Ils cherchèrent partout, mais ils ne trouvèrent pas la moindre trace du pirate.

Une fois qu'ils furent passés, Jack sortit de sa cachette : il s'était habilement dissimulé dans une niche d'un mur, derrière une grande statue de forgeron qui servait d'enseigne à la forge voisine. Voyant au même instant déboucher au bout de la rue un peloton de soldats, il poussa la porte de l'atelier qui s'ouvrit sans peine.

Il faisait sombre dans la forge qui n'était éclairée que par quelques lanternes et un soupirail. Jack vit les murs couverts de chaînes et d'outils. Il allait remercier sa chance de lui permettre de s'en servir pour se libérer de ses fers, quand un bruyant ronflement le fit sursauter. Dans un coin, ivre, dormait le forgeron, M. Brown. Jack s'approcha à pas de loup et le secoua, armé d'un marteau, au cas où.

– Bouh ! cria Jack.

M. Brown ne broncha pas et se contenta de ronfler de plus belle.

Voyant avec satisfaction que l'homme ne lui causerait pas d'ennuis, Jack alla à l'enclume et entreprit de se libérer de ses menottes. Seulement, ce n'était pas tâche aisée de briser une chaîne avec un marteau quand on avait les mains entravées. Après plusieurs essais infructueux, Jack perdit patience. Il balaya la pièce du regard, cherchant une solution. Un âne attelé à une barre mâchonnait son picotin en attendant de devoir tirer à nouveau sur le mécanisme qui actionnait le soufflet de forge, dont les énormes rouages en acier rouillé couraient au-dessus de sa tête. Dans un éclair de génie, Jack se dirigea vers le brasero, s'empara d'un tisonnier rougi au feu, dont il piqua l'arrière-train de l'animal. Poussant un braiement de douleur, l'âne s'ébranla aussitôt, faisant tourner le mécanisme. Jack prit son élan, sauta et accrocha la chaîne à l'une des roues dentées juste avant que la seconde roue s'en approche et brise la chaîne. Il était libre !

Au même moment, il entendit le loquet de la porte. Prestement, il se jeta à terre à l'instant où Will Turner entrait dans la forge.

Surpris de voir le soufflet en marche, Will alla calmer l'âne, puis il regarda autour de lui et vit le vieux M. Brown endormi dans son coin.

–Tu n'as pas bougé d'un pouce, murmura-t-il en ôtant sa veste.

Puis, voyant le marteau resté sur l'enclume :

–Toi, en revanche, tu as bougé.

Il allait le ramasser pour le ranger à sa place quand il aperçut un tricorne en cuir posé juste à côté. Il tendit le bras pour s'en emparer, quand une lame surgit de l'obscurité et s'abattit sur sa main !

Will sauta en arrière et se trouva nez à nez avec Jack Sparrow, qui pointait son épée sur sa poitrine.

–Dis-moi, mais c'est toi qu'ils recherchent, fit-il avec un regard noir. Le pirate !

–Tu m'es vaguement familier, répondit Jack. T'aurais-je déjà menacé ?

–Je m'abstiens de toute forme de familiarité avec les pirates, grinça Will.

–Ah, fit Jack. Dans ce cas je m'en voudrais d'apposer ma marque sur ton registre. Si tu veux bien m'excuser, conclut-il en tournant les talons.

Profitant de son geste, Will s'empara d'une épée et la pointa sur Jack.

–Penses-tu que ce soit raisonnable, petit, de croiser le fer avec un pirate ? demanda Jack sans s'émouvoir.

–Tu as menacé mademoiselle Swann, répondit Will en levant son arme, prêt à attaquer.

–Oh... si peu, fit Jack avec sa nonchalance habituelle.

Sur ces mots, il se lança à l'attaque. Mais il n'était pas seul à savoir se servir d'une lame. Will ne s'en laissa pas conter et Jack s'aperçut qu'il avait affaire à forte partie.

–Tu te débrouilles bien, je le reconnais, observa Jack. C'est la grande forme. Mais que vaut ton jeu de jambes ? Si je vais de ce côté... dit-il en faisant un pas à droite sans le quitter des yeux.

Will suivit le mouvement et para chacune de ses bottes.

–Excellent ! siffla Jack, avec une admiration moqueuse. À présent, je reviens... Bravo !

Il feinta à deux reprises et recula jusqu'à la porte. Puis, à la surprise de Will, il tourna les talons, rengaina son épée et voulut prendre la fuite. Sans perdre un instant, Will lança son épée sur lui.

Elle frôla la tête de Jack et alla se ficher dans les planches de la porte. Jack tira sur le loquet. Vainement, car l'épée le bloquait. Il essaya de la retirer en la secouant rageusement, mais elle était bien enfoncée.

Will crut l'avoir pris au piège. Mais Jack avait déjà une autre idée. Il se tourna lentement vers Will et sourit.

Il lorgnait à présent la porte de derrière.

–C'est très habile de ta part. Sauf qu'une fois encore, tu te trouves entre moi et la sortie, dit-il en pointant son épée sur la porte. Et en plus, ajouta-t-il, plein d'assurance, tu es désarmé !

Will attrapa aussitôt une autre épée dans le brasero et braqua la pointe rougie sous le nez de Jack. Entendant le sifflement de l'acier brûlant, l'âne, à qui on ne la faisait pas deux fois, poussa un braiement désespéré et, pour prouver sa bonne volonté, se remit à tourner. Will se lança à l'attaque.

Tout en esquivant, Jack balaya l'échoppe du regard et remarqua qu'elle était remplie d'épées.

–Qui forge tout cela ? demanda-t-il.

–C'est moi ! répondit Will alors que leurs lames s'entrechoquaient. Et je m'entraîne avec trois heures par jour !

–Tu ferais mieux de te trouver une fille, mon gars... Ou peut-être bien que la seule raison pour laquelle tu t'entraînes tant est que tu en as trouvé une, sauf qu'en fait tu es incapable de combler ladite femelle ? le taquina Jack.

–Si je m'entraîne trois heures par jour, c'est pour être capable d'affronter un pirate, et de le tuer ! répondit rageusement Will en le forçant à reculer contre le mur.

Le combat se poursuivit, les deux adversaires réfugiés en périlleux équilibre sur un chariot à bascule. Jack fit tourbillonner la chaîne des menottes autour de l'épée de Will pour la lui arracher. Mais Will était plus rapide. Il enfonça la pointe dans l'un des maillons et planta fermement l'épée dans une poutre, immobilisant Jack un bras en l'air.

Jack continuait de se défendre d'une seule main. D'un coup de pied, il délogea une planche du chariot qui frappa Will au menton et le fit basculer en arrière. Pendant que son adversaire était à terre, il essaya de libérer sa main prisonnière. Will se releva et contempla ses efforts dérisoires avec un petit sourire, avant de sauter sur le chariot pour reprendre le duel. Au même instant, Jack parvint à se décrocher, tomba sur le chariot et envoya culbuter Will dans les airs. En riposte, d'un coup d'épée, Will trancha la corde qui retenait un lourd ballot et Jack se retrouva à son tour projeté vers le plafond.

Le combat continuait maintenant en périlleux équilibre sur les étroites poutrelles de l'atelier. Will parvint à désarmer son adversaire, mais Jack sauta à terre. D'un bond, le jeune homme le suivit aussitôt. Désemparé, Jack chercha du regard une solution... Dans un coin pendait un sac de cendres. Il s'en empara et le jeta, recouvrant Will d'un nuage qui l'aveugla. Will recula et se couvrit les yeux. Profitant de l'occasion, Jack lui décocha un coup de pied au poignet. Will lâcha son épée et tomba. Quand il se releva, Jack lui braquait son pistolet entre les deux yeux.

– Tu es un tricheur ! cria Will.

– Un pirate, corrigea Jack.

Des hommes tentaient d'enfoncer la porte.

– Écarte-toi ! ordonna Jack. (Will ne bougea pas.) Je t'en prie, remue-toi ! supplia Jack avec lassitude.

– Non, je refuse de m'écarter et de te laisser t'échapper, répondit Will.

– Cette balle ne t'était pas destinée, fit Jack d'un air contrit en relevant le chien de son pistolet.

Will resta interdit. Jack allait tirer quand M. Brown surgit soudainement derrière lui et l'assomma d'un coup de bouteille sur le crâne.

Jack s'effondra sur le sol alors que la porte de la forge s'ouvrait et qu'entraient des soldats en armes. Le commodore Norrington se fraya un chemin entre ses hommes. De son côté, jugeant que la situation était calmée, l'âne s'immobilisa avec un petit braiement soulagé.

– Excellent travail, monsieur Brown, dit-il en contemplant Jack. Vous avez contribué à la capture d'un dangereux fugitif.

– Je n'ai fait que mon devoir civique, monsieur, répondit Brown d'une voix pâteuse.

– Que cette journée reste à jamais dans nos mémoires comme celle où le capitaine Jack Sparrow a bien FAILLI nous échapper ! conclut Norrington. Allez, emmenez-le !

Et tandis que ses hommes entraînaient Jack, M. Brown regarda les débris de verre sur le sol.

6

La nuit tombait et l'épais brouillard recouvrait maintenant toute la ville de Port Royal. Seul Fort Charles, tout en haut de la falaise, émergeait de ces nuées grises.

Et c'est là que Jack Sparrow, désormais prisonnier, tentait vainement de s'endormir. Sa cellule était voisine de celle de quatre malfrats crasseux et déguenillés qui allaient être pendus avec lui le lendemain matin. Depuis des heures, armés d'un os, ils essayaient de convaincre un chien famélique qui tenait un trousseau de clés dans sa gueule de s'approcher des barreaux.

– Viens, mon joli, approche ! Est-ce que tu sens le bon nonos ? Est-ce que tu le sens ? demandait l'un en agitant l'appât.

– Approche, mon gars, allez, approche, renchérit un autre en tendant une main suppliante.

– Allez, regarde le bel os à moelle ! Allez, viens voir

papa ! le cajolait un troisième, barbu et coiffé d'un chapeau mité, qui tenait une corde et espérait faire passer le nœud coulant autour du cou de l'animal.

– Vous pouvez continuer tant que vous voudrez, fit Jack adossé au mur, son chapeau baissé sur ses yeux, le chien ne bougera pas d'un poil.

– Oh, tu nous excuseras, mais ici, on n'est pas tous résignés à la potence, répondit le barbu.

– Approche, petit, reprirent-ils en chœur devant le chien buté.

Jack se contenta de sourire et ferma les yeux.

Dans la résidence du gouverneur, Élisabeth, couchée, feuilletait distraitement un livre pendant que sa femme de chambre bassinait le lit.

– Voilà, mademoiselle, dit la domestique en repliant les couvertures. La journée n'a pas dû être facile pour vous.

– Je me doutais bien que le commodore allait me demander ma main, répondit Élisabeth, mais j'avoue que je n'y étais pas vraiment préparée.

– Je pensais plutôt à ce pirate qui vous a menacée. Cela a dû être terrifiant !

– Oh... fit Élisabeth. Oui, vraiment terrifiant.

– Mais le commodore a fait sa demande. Vous vous rendez compte ? s'extasia la femme de chambre. Et vous êtes faits l'un pour l'autre – sans vous offenser.

– Nous sommes faits l'un pour l'autre, oui, répondit Élisabeth avec un air résigné. Et c'est un homme bien. Le genre d'homme que toutes les femmes rêvent d'épouser, constata-t-elle avec un sourire ironique.

– Quant à ce Will Turner, reprit la femme de chambre, c'est un homme très bien lui aussi.

– Là, tu es offensante, répliqua sèchement Élisabeth.

– Je vous demande pardon, mademoiselle, je n'étais pas à ma place, dit la femme de chambre avant de s'éclipser, confuse.

Restée seule, Élisabeth porta pensivement la main au médaillon qu'elle portait encore au cou. Soudain, la flamme de sa lampe vacilla et s'éteignit. Elle voulut la ranimer, mais en vain... La chambre était plongée dans l'obscurité.

Dans l'échoppe du forgeron, Will travaillait encore à son enclume, quand il crut entendre un étrange bruit. Il prit une hache sur le mur et poussa un volet pour regarder dehors... Mais dans le brouillard, tout paraissait immobile et silencieux. Seul un chat noir décampa dans la ruelle déserte où deux lanternes peinaient à percer la brume.

Mais dans le port, tel l'aileron d'un requin, le grand mât d'un haut navire noir venait de fendre le brouillard. Tout en haut flottait un pavillon frappé d'un crâne et de sabres entrecroisés...

Le commodore Norrington et le gouverneur Swann marchaient le long du parapet dominant les potences.

– Ma fille vous a-t-elle déjà fait part de sa réponse ? demanda le gouverneur.

– Non, pas encore.

–Il faut dire que la journée fut éprouvante. Quel temps épouvantable !

–Lugubre, opina Norrington avec un sourire entendu. Tout à fait lugubre.

Le gouverneur allait répondre quand un sifflement soudain lui fit dresser l'oreille.

–Boulet de canon ! s'écria Norrington, qui n'eut que le temps de se jeter sur le gouverneur pour le plaquer au sol. Aux armes !

La brusque détonation ébranla les parois du fort, et dans leurs cellules respectives, Jack et ses compagnons d'infortune se précipitèrent aux lucarnes.

–Je connais ces canons, murmura Jack en contemplant le fort criblé de boulets où les soldats couraient en tous sens. C'est le *Black Pearl* !

–Le *Black Pearl* ? fit l'un des prisonniers. Je connais sa légende. Il bombarde navires et villes depuis près de dix ans, sans jamais laisser de survivants.

–Pas de survivants ? interrogea Jack avec un petit sourire. Comment les légendes prendraient-elles forme, dans ce cas-là ?

Le brouillard se dissipait autour du *Black Pearl* dont les sabords crachaient le feu. À chaque coup de canon porté sur la ville, des rues entières, des bâtiments et des quais explosaient en mille morceaux. Ceux des habitants de Port Royal qui ne succombaient pas sous ce bombardement meurtrier et impitoyable s'enfuyaient, terrorisés. Puis du brouillard et de la fumée surgirent des chaloupes chargées de pirates. Tous plus terribles et effrayants les uns que les autres, grimaçants, poussant des cris de déments, le visage déformé par un rictus féroce, couverts de tatouages de sauvages… La simple vue de ces forbans vêtus d'habits disparates volés sur leurs malheureuses victimes aurait suffi à faire fuir les plus braves.

Brandissant torches, pistolets et sabres, les yeux révulsés, la horde sanguinaire et barbare se déversa sur le rivage. Deux d'entre eux s'arrêtèrent, le temps que l'un rafistole de la pointe de son couteau un œil de bois qu'il remit dans son orbite, avant de s'élancer avec des ricanements de hyènes.

Sans pitié, la bande s'empara rapidement de la ville, envahissant les rues, jetant des bombes, allumant des incendies et égorgeant le moindre pauvre diable qui n'avait pu s'enfuir à temps. Hommes, femmes, enfants, nul n'était épargné.

Sur les remparts, le commodore Norrington organisait précipitamment la défense.

– Visez les gueules des canons ! ordonna-t-il aux canonniers. Tirez en batterie, de la proue à la poupe ! Monsieur Stevens, d'autres cartouches ! Gouverneur, barricadez-vous dans mon bureau !

– Juste ciel ! répondit le gouverneur.

– C'est un ordre, gouverneur.

Will Turner s'arma de tout ce qu'il pouvait emporter. Sabres, couteaux, et une petite hache. Le jeune et impétueux forgeron s'élança courageusement dans la rue. Une femme qui fuyait à toutes jambes un pirate le croisa en hurlant. Il arrêta l'homme d'un coup de hache en pleine poitrine et continua son chemin.

Partout, ce n'étaient que cris de terreur des victimes et vociférations des flibustiers. Dans le crépitement des flammes et le fracas des maisons qui s'écroulaient, essuyant la poussière et la suie de son visage, Will leva les yeux vers la demeure du gouverneur.

Là-haut, dans le clair de lune, il aperçut les silhouettes des pirates qui se précipitaient sur la résidence et enfonçaient les grilles. « Élisabeth ! » songea-t-il. Mais avant qu'il ait pu agir, des pirates l'attaquèrent par-derrière.

7

Entendant des hurlements et des pas dans le parc de la résidence, Élisabeth courut à la fenêtre. De son balcon, elle baissa les yeux et vit sur les allées du parc une bande de pirates armés jusqu'aux dents et menés par deux brutes qui brandissaient le poing. Elle sortit précipitamment de sa chambre et arriva en haut de l'escalier au moment où les forbans tambourinaient à la porte. Impassible, le majordome s'avança pour ouvrir.

– Non ! s'écria Élisabeth, les mains crispées sur la balustrade.

Hélas, il était trop tard pour l'avertir ! Le domestique ouvrit et se trouva nez à nez avec le canon d'un pistolet.

– Salut, bonhomme ! fit l'homme avant de tirer.

Élisabeth faillit s'évanouir en entendant la détonation. Elle porta une main à sa bouche et étouffa un cri horrifié tandis que le majordome s'étalait de tout son long. La bande s'engouffra dans le hall et se dispersa pour piller la splendide résidence. Les deux répugnants pirates qui les menaient, Pintel et Ragetti, s'immobilisèrent dans l'entrée. Le plus grand, Ragetti, était maigre et borgne, avec des cheveux filasse, et son œil de bois grinçait à la moindre de ses grimaces. Pintel était presque chauve, avec de longues mèches aussi grises et crasseuses que sa courte barbe. L'un et l'autre étaient dépoitraillés, vêtus de guenilles et armés d'un coutelas et d'un pistolet qui étincelaient.

Pintel, son arme encore fumante, leva vers Élisabeth un visage inquiétant.

– Là-haut ! cria Ragetti en brandissant sa torche.

Terrifiée, la jeune fille courut dans sa chambre et s'enferma pendant que les pirates se lançaient à sa poursuite.

– Mademoiselle ! lui cria sa femme de chambre qui s'y était déjà réfugiée. Ils sont venus vous kidnapper !

– Quoi ? s'étrangla Élisabeth.

– Vous êtes la fille du gouverneur !

– Par ici ! Enfoncez la porte ! cria une voix dans le couloir.

Ses deux poursuivants commencèrent à tambouriner sur le battant qui trembla.

– Écoute, dit Élisabeth. Ils ne t'ont pas vue. Cache-toi ! Et à la première occasion, cours jusqu'au fort !

Élisabeth s'empara de la bassinoire encore remplie de charbons ardents et accueillit Pintel d'un coup en plein visage quand il fit irruption dans la pièce. Il tituba et recula en portant la main à son nez brûlé.

–Je te tiens ! cria Ragetti en s'emparant du manche de la bassinoire que levait Élisabeth.

Sans répondre, elle tira sur le crochet de la bassinoire et les braises se répandirent sur la tête du pirate qui se mit à pousser des cris d'orfraie.

–C'est chaud ! Je brûle ! glapit-il en essayant de se débarrasser de la poussière brûlante qui menaçait de mettre le feu à ses cheveux.

–Amène-toi, lui dit son compagnon.

La jeune fille s'enfuit dans l'escalier pendant que la femme de chambre troussait ses jupons et s'enfuyait de son côté.

Pendant ce temps, les autres pirates mettaient la résidence à sac, décrochant les tableaux et entassant argenterie, bijoux et objets précieux.

Les pirates sortirent de la chambre en fureur et la virent tenter de s'échapper. Aussitôt, Ragetti enjamba la balustrade et sauta pour l'arrêter pendant que Pintel dévalait les marches quatre à quatre. Ragetti atterrit juste devant elle, cheveux encore fumants, et poussa un grondement terrifiant. Elle était prise au piège !

Soudain, le mur de la maison explosa sous le choc d'un boulet de canon qui venait de l'éventrer. Avec un sifflement strident, le boulet traversa l'entrée et faucha de plein fouet un pirate chargé de butin. Le grand lustre en bronze de l'entrée s'écrasa sur le sol, obligeant les pirates à se mettre à l'abri.

Élisabeth en profita pour s'échapper. Elle se réfugia dans la salle à manger à toutes jambes et bloqua la porte en coinçant les clenches avec un chandelier en argent. « Si seulement je pouvais trouver une arme », songea-t-elle en balayant la pièce d'un regard désespéré. C'était une demeure aristocratique, et en dehors des riches tentures, des vases en porcelaine de Chine, des sculptures, tapis et tableaux, il n'y avait rien pour se défendre. Elle tenta vainement de prendre sur le mur au-dessus de la cheminée de marbre l'un des deux sabres entrecroisés sur les armoiries de la maison, mais ils étaient trop bien accrochés. Certaine que les pirates allaient enfoncer les portes d'un moment à l'autre, elle alla se terrer précipitamment dans une armoire à vaisselle.

Elle retint son souffle et frémit en entendant les deux hommes entrer dans la pièce. À la lueur de leurs torches, Pintel et Ragetti parcoururent la pièce d'un regard circulaire.

– On sait très bien que tu es là, poupée. Amène-toi ! Et on te promet qu'on ne te fera pas de mal, dit Pintel en faisant un clin d'œil à son compagnon encore fumant. On va te trouver, poupée, continua-t-il. Tu as quelque chose qui nous appartient et qui nous appelle. L'or nous appelle, gronda-t-il en fixant les portes du placard.

– L'or nous appelle, répéta Ragetti avec gourmandise.

Élisabeth se recroquevilla entre les étagères chargées de linge et baissa les yeux sur le médaillon qu'elle portait autour du cou. Un filet de lumière passant entre les portes le fit scintiller un instant, puis disparut. Élisabeth leva les yeux pour voir ce qui cachait la lumière et se trouva nez à nez avec Pintel, qui sourit en découvrant ses chicots gâtés.

– Tu es là, ma petite…

Les deux pirates ouvrirent tout grand les portes.

– Pourparler ! s'écria Élisabeth en se plaquant contre les étagères chargées de vaisselle, tandis que les deux pirates menaçants entraient dans le placard.

– Quoi ? fit Pintel, interloqué.

– J'invoque le droit de pourparler, reprit précipitamment Élisabeth. Selon le code de la confrérie, établie par les pirates Morgan et Bartholomy, vous devez me conduire à votre capitaine.

– Oui, fit Pintel. Je connais le code.

– Si un adversaire veut des pourparlers, vous devez l'épargner jusqu'à ce que sa demande soit satisfaite, continua Élisabeth.

– Au diable, le code ! s'écria Ragetti en brandissant son épée.

– Elle veut qu'on la conduise au capitaine, gronda Pintel. Et elle ira sans faire d'histoires, acheva-t-il avec un sourire mauvais en pointant son pistolet sur la jeune fille. Nous devons respecter le code.

8

Pendant ce temps, le sac de la ville continuait. Les hordes de pirates sanguinaires, tous plus féroces les uns que les autres, enfonçaient les portes des maisons et les incendiaient, tandis que les boulets s'abattaient sur les murs.

Armé de sa seule hache, Will se battait toujours. Cette fois, un colosse l'avait pris à la gorge et collait son visage grimaçant sur le sien en brandissant une hache.

– Dis-moi au revoir ! fit le pirate.

Au même instant, un boulet décrocha l'énorme enseigne d'une auberge qui tomba d'un seul coup et terrassa le colosse en le projetant contre les vitres.

– Au revoir ! répondit Will, amusé.

Il allait de nouveau s'élancer quand il aperçut soudain dans une rue Pintel et Ragetti qui entraînaient Élisabeth vers le port.

– Will ! l'implora-t-elle.

–Élisabeth ! s'écria-t-il.

Au même instant, un homme lui assena un coup de chandelier sur la tête. Will s'effondra et perdit connaissance.

« La journée s'annonce bien », songeait Jack Sparrow dans sa cellule. La prison s'effondrait petit à petit autour de lui à chaque nouveau coup de canon du *Black Pearl* et Jack se savait à chaque instant plus près de la liberté.

Mais si les boulets criblaient la prison, aucun ne vint percer la cellule de Jack.

–Je compatis, mon ami, dit l'un des prisonniers de la geôle voisine avant de s'enfuir en ricanant avec ses compagnons dans les décombres. Ce n'est vraiment pas ton jour de chance.

Jack fut bien forcé d'en convenir tandis qu'ils descendaient le long des rochers vers la liberté. Il resta seul dans sa cellule. La lune commençait à s'élever au-dessus du brouillard et les canons du *Black Pearl* tiraient dans une autre direction.

Jack laissa échapper un long soupir, puis il aperçut dans les décombres le chien qui se terrait sous un banc. Il avait toujours les clés dans la gueule. « Oh, et puis après tout », se dit Jack en ramassant dans la cellule voisine le vieil os.

–Approche, le chien ! Il n'y a plus que toi et moi, maintenant. Toi et le vieux Jack. Allez ! Viens mon chien, approche ! Viens chercher le nonos.

À sa grande surprise, l'animal se leva et s'approcha.

– C'est ça, c'est bien, approche… Encore un peu… C'est bien… C'est bien, le chien…

Les clés étaient presque à portée de main. Mais le chien semblait inquiet. Il se mit à geindre, puis il s'immobilisa.

– Dépêche-toi, sac à puces ! Espèce de bâtard gâleux ! grinça Jack.

Au même instant, la porte de la prison s'ouvrit et le chien décampa.

– Ce n'est rien, ce n'est rien, cria Jack ! Non ! Je ne voulais pas dire ça, je regrette !

Mais il était trop tard : le chien s'était enfui. Deux pirates du *Black Pearl* arrivèrent au pied de l'escalier après avoir abattu un garde.

– Hé, c'est pas l'armurerie, fit le premier.

– Tiens, tiens… Regarde un peu qui est là, Greedy, dit l'autre en rengainant son sabre. Le capitaine Jack Sparrow.

Son compagnon s'approcha des barreaux et cracha. Jack fit une moue dégoûtée.

– La dernière fois que je t'ai vu, dit l'homme, tu étais tout seul sur une île perdue en plein océan. Tu disparaissais à l'horizon. Et voilà un nouveau revers de fortune ?

Les deux hommes ricanèrent.

– Souciez-vous de votre propre fortune, mes amis, grinça Jack. Le grand brasier de l'enfer est réservé aux traîtres… et aux mutins !

Furieux de sa réponse, l'un des pirates passa le bras par les barreaux et le saisit à la gorge. Jack suffoqua et tenta de se libérer. Mais en baissant les yeux, il vit que ce n'était pas du tout un bras qu'il tenait. Au clair de lune, il s'aperçut qu'il avait les os d'un squelette entre les mains.

–Il y a donc une malédiction, déclara Jack. C'est intéressant !

–Tu ne sais rien de l'enfer, dit l'homme en le repoussant.

Et sur ces mots, ils tournèrent les talons et abandonnèrent Jack à son sort.

–Vraiment très intéressant, fit-il pensivement en contemplant l'os du chien qu'il tenait encore à la main.

9

Dans le fracas des coups de canon, une chaloupe débordante de butin glissait sur les eaux du port. Élisabeth était assise à l'avant, terrifiée, tandis que les pirates ramaient vers l'énorme coque sombre de leur vaisseau.

Alors qu'ils s'en approchaient, Élisabeth distingua la figure de proue finement sculptée : c'était une femme ailée, au visage raviné par les embruns et la suie, qui tenait dans sa main tendue un petit oiseau. Au-dessus d'elle, dans les lambeaux de brouillard s'étendaient des mètres et des mètres de toile noire déchiquetée. Elle était sous les voiles du *Black Pearl*. Elle baissa la tête, angoissée.

On hissa la chaloupe. De la fumée flottait sur le pont éclairé par des lanternes et par les flammes de l'incendie qui ravageait la ville. L'équipage fêtait sa victoire en chargeant les sacs de butin. Élisabeth vit que ces hommes provenaient des quatre coins du monde.

Il y avait de tout: des borgnes, des chauves, des tignasses hirsutes ou nouées de tresses. Plusieurs portaient des foulards sur la tête et d'énormes boucles d'oreille luisantes. Certains avaient des gilets de soie et des capes de brocart, sans doute pillés sur un infortuné vaisseau qui pourrissait désormais au fond de l'océan. Tous ces hommes tannés par le soleil, toutes ces brutes plus hideuses les unes que les autres n'avaient d'yeux que pour elle. Sur le gaillard d'avant, dans la pénombre d'une voile, apparut une silhouette sombre coiffée d'un chapeau à plumes. Un petit singe habillé en pirate sauta des gréements et vint se percher sur son épaule. C'était le capitaine du *Black Pearl*, le célèbre et légendaire Barbossa.

Un colosse noir au corps recouvert de tatouages et de scarifications s'approcha, un énorme anneau d'argent à l'oreille.

–Je ne savais pas qu'on embarquerait des captifs, dit-il.

–Elle a invoqué le droit de pourparler avec le capitaine Barbossa, annonça Pintel en la poussant sur le pont.

–Je suis venue négocier... invoqua Élisabeth.

D'un revers de main, le grand noir lui assena une gifle qui la fit taire.

–Tu auras la parole quand on te la donnera, siffla-t-il d'un ton menaçant.

–Et toi, Bosun, tu ne lèveras pas la main sur ceux qui sont sous la protection des pourparlers, gronda le capitaine en lui saisissant le poignet.

Les pirates se turent. Même les coupe-jarrets avaient un code de l'honneur. Le droit de pourparler protégeait tout prisonnier tant qu'il n'avait pu avoir audience avec le capitaine.

– À vos ordres, capitaine, dit le colosse en s'éloignant.

– Toutes mes excuses, mademoiselle, sourit mielleusement l'homme au chapeau en toisant cette jeune fille en peignoir qui osait lui demander une audience.

– Capitaine Barbossa, je suis venue négocier la cessation des hostilités contre Port Royal, déclara Élisabeth, en s'efforçant de paraître assurée.

Le capitaine Barbossa sourit comme un père qu'amuse son enfant.

– Oh, il y avait là des tas de mots très savants, mademoiselle, alors que nous ne sommes rien que d'humbles pirates. Que voulez-vous réellement ?

– Je veux que vous partiez et ne reveniez jamais, répondit Élisabeth d'un ton ferme.

L'équipage se mit à rire.

– Il ne me sied guère d'accéder à votre requête, répondit Barbossa avec un sourire narquois. Cela veut dire non, ajouta-t-il devant la mine déconfite de la jeune femme.

– À votre aise, rétorqua Élisabeth en courant au bastingage et en brandissant le médaillon par-dessus bord. Je le laisse tomber !

L'équipage se tut aussitôt. À la lueur des flammes, le médaillon scintillait.

– Les cales sont bourrées de brocaille et il nous faudrait ce petit bibelot clinquant ? interrogea Barbossa. Pourquoi ? cria-t-il avec un regard flamboyant.

– Je sais que c'est ce que vous cherchez, dit-elle. Je reconnais ce vaisseau. Je l'ai vu il y a huit ans en venant d'Angleterre !

– Vous m'en direz tant, fit le capitaine, qui semblait se soucier comme d'une guigne de ce qu'elle racontait, tandis que le petit singe piaillait comme s'il se moquait d'elle.

– Parfait, dit Élisabeth en lançant le médaillon en l'air. Eh bien, puisqu'il ne vaut rien, je suppose que ce n'est pas la peine de m'en encombrer !

Elle laissa filer la chaîne entre ses doigts.

– Non ! cria Barbossa alors que tous se précipitaient vers Élisabeth.

Elle rattrapa le médaillon par la chaîne avec un sourire de triomphe. Voyant se peindre sur les visages un mélange d'inquiétude et de convoitise, elle comprit qu'ils s'étaient trahis. Le médaillon était bien plus important qu'on ne voulait le lui laisser croire.

– Alors... fit Barbossa en s'avançant et en la dévisageant longuement avec un sourire. Vous avez un nom, ma jolie ? demanda-t-il.

Élisabeth réfléchit rapidement. Comme elle craignait que la situation ne se gâte s'ils apprenaient qu'elle était la fille du gouverneur, elle inventa :

– Élisabeth. Élisabeth Turner. (Le pirate la regarda avec méfiance.) Je suis une domestique de la maison du gouverneur.

– Mademoiselle Turner ! répéta alors Barbossa d'un

air très intéressé, en balayant l'assemblée du regard.

Les pirates murmurèrent entre eux. La nouvelle semblait les ravir au plus haut point.

– Bill le Bottier, fit Pintel à Ragetti, qui prit un air entendu.

– Et comment une servante acquiert-elle semblable médaille ? demanda Barbossa. Souvenir familial, par exemple ? ironisa-t-il.

– Sachez seulement que je ne l'ai pas volée, répondit Élisabeth, froissée.

– Parfait. Remettez-la moi et je ferai voile loin de votre ville, dit-il en tendant ses doigts crochus. Sans retour.

Après un moment d'hésitation, Élisabeth déposa le médaillon dans la paume ouverte du capitaine. Il le confia aussitôt au petit singe qui sauta immédiatement dans les cordages.

– Notre marché ? s'enquit Élisabeth avec inquiétude.

Barbossa sourit, tourna les talons et fit signe à Bosun de cesser le feu.

– Faites taire les canons et arrimez-les ! cria celui-ci. Rappelez les hommes, hissez le drapeau, parés à quitter le port.

Élisabeth fut soulagée d'entendre les coups de canon cesser. Puis elle se rendit compte que le vaisseau allait partir.

– Attendez ! dit-elle en courant derrière Barbossa. Vous devez me ramener à terre. Conformément au code de la confrérie...

Le capitaine Barbossa tourna les talons.

– Premièrement, répondit-il d'un ton péremptoire, votre débarquement ne faisait partie ni de notre négociation ni de nos arrangements, je n'ai donc pas d'obligation. Deuxièmement, si vous étiez un pirate, j'appliquerais le code des pirates, mais ce n'est pas le cas. Et troisièmement, dit-il avec un sourire où brillaient des dents en or et en argent, le code en question est plus une sorte de guide général qu'un véritable règlement. Bienvenue à bord du *Black Pearl*, mademoiselle Turner ! s'écria-t-il tandis que Pintel et Ragetti s'emparaient d'elle sans ménagements.

10

Une fois que le feu eut cessé, le brouillard se leva lentement, révélant un port rempli d'épaves fumantes qui sombraient. Alors que les habitants débarrassaient les décombres, Will Turner se releva péniblement en se frottant le crâne et en contemplant ce spectacle de désolation. Dans les rues, des soldats emportaient les cadavres et les blessés. Sur la rade où l'aube se levait, fumaient encore les épaves de navires incendiés. Mais il n'y avait plus une seule trace du *Black Pearl*. Will se mit à courir vers Fort Charles avec une seule pensée: Élisabeth.

– Ils l'ont enlevée ! hurla-t-il en faisant irruption dans le bureau du commodore Norrington. Ils ont enlevé Élisabeth !

Norrington et le gouverneur Swann levèrent les yeux de la carte des Caraïbes étalée sur la table. Puis Norrington se tourna vers l'un de ses gardes.

– Monsieur Murtogg, faites sortir cet importun de mon bureau.

Murtogg empoigna Will par le bras, mais celui-ci se dégagea.

– Mais il faut les poursuivre ! Il faut la sauver !

– Par quoi proposez-vous qu'on commence ? demanda le gouverneur, désemparé. Si vous avez quelque information concernant ma fille, veuillez nous en faire part.

Will baissa la tête.

– Ce Jack Sparrow, dit l'un des soldats qui montait la garde devant l'*Intercepteur*. Il nous a parlé du *Black Pearl*.

– « Mentionné » serait plus exact, corrigea l'autre.

– Demandez-lui où il est ! dit Will, sachant qu'ils perdaient un temps précieux. Faites-lui une offre ! Il peut nous y conduire.

– Non, dit Norrington qui continuait d'examiner les cartes pour calculer leur route. Les pirates qui ont envahi le fort ont laissé Sparrow dans sa cellule. Par conséquent, ce ne sont pas ses alliés. Gouverneur, nous estimerons leur cap et nous lancerons une escadre à la prochaine marée…

Will s'impatienta et planta sa hache dans la table.

– Ce n'est pas suffisant ! s'emporta-t-il.

Norrington le regarda avec agacement.

– Monsieur Turner, dit-il en arrachant la hache plantée dans la carte, vous n'êtes pas un militaire, ni un marin. Vous êtes un forgeron. Vous n'avez aucune utilité ici. Et ce n'est pas le moment de foncer tête baissée.

Surtout ne commettez pas l'erreur de croire que vous êtes le seul homme à vous soucier d'Élisabeth, ajouta-t-il à mi-voix en lui rendant sa hache.

Will quitta le bureau d'un pas furieux et décida d'aller à la prison parler en personne à Jack Sparrow.

Livré à lui-même, Jack tentait de forcer la serrure de sa cellule avec le seul outil qu'il avait à sa disposition : l'os.

– Ouvre-toi, je t'en prie, grinçait-il quand des pas le firent sursauter.

Prestement, il abandonna l'os et courut s'allonger dans la paille du cachot. Il faisait semblant de dormir au moment où Will apparut au bas de l'escalier.

– Hé, toi, Sparrow, dit-il en courant jusqu'à sa cellule.

– Oui ? fit Jack en faisant semblant d'être tiré du sommeil du juste.

– Tu sembles bien connaître ce vaisseau... le *Black Pearl* ?

– On m'en a parlé, répondit Jack d'une voix ensommeillée sans se relever.

– Où jette-t-il l'ancre ? demanda Will.

– Où est-ce qu'il jette l'ancre ? répéta Jack en faisant l'étonné. On ne te l'a jamais raconté ? poursuivit-il d'un ton las. Le capitaine Barbossa et sa troupe de mécréants mouillent sur l'effrayante île de la Muerta. C'est une île totalement introuvable, excepté, ajouta-t-il en se redressant, par ceux qui savent déjà où elle se trouve.

– Le navire est bien réel, insista Will. Par conséquent, on doit pouvoir trouver un port d'attache. Où est-ce ?

– Pourquoi me le demander ? fit Jack en s'examinant distraitement les ongles.

– Parce que tu es un pirate.

– Et tu veux devenir pirate toi-même, c'est ça ? minauda Jack.

– Jamais ! s'indigna Will, le visage collé aux barreaux.

Jack se laissa retomber dans la paille avec lassitude.

– Ils ont enlevé Mlle Swann, dit Will en serrant les poings.

– Ah, mais alors, tu avais vraiment trouvé une fille, sourit Jack en se redressant, hilare. Je vois. Eh bien, si tu veux tester ta bravoure, courir à son secours et conquérir la belle de ton cœur, ironisa-t-il, il faudra le faire tout seul, l'ami. Je n'y vois aucun profit pour moi.

– Je pourrais te faire sortir d'ici, proposa Will.

– Et comment ? s'amusa Jack. La clé est partie en courant.

– J'ai aidé à forger ces grilles. Ce sont de simples gonds à demi-cylindre. Avec le levier approprié et l'application d'une force adéquate, dit-il, joignant le geste à la parole en s'emparant d'un banc pour le coincer sous les barreaux, la porte se soulèvera.

Jack le regarda faire, nonchalamment appuyé sur un coude.

– Comment tu t'appelles ? demanda-t-il, soudain très intéressé.

– Will Turner.

– Diminutif de William, j'imagine ? Prénom royal. Sans doute le même que ton père, c'est ça ? le sonda-t-il.

– Oui, répondit Will, sans méfiance, ne comprenant pas où Jack voulait en venir.

– Hum, fit pensivement le pirate. Eh bien, monsieur Turner, j'ai changé d'avis, dit-il en se relevant. Si tu me fais évader, je te jure, sur les tourments de la mort, que je te conduirai au *Black Pearl*. Et à ta demoiselle en détresse. Marché conclu ? demanda-t-il en tendant la main entre les barreaux.

– Conclu ! dit Will en la serrant.

– Sors-moi de là !

Will n'eut pas besoin d'un grand effort pour peser sur le banc et soulever la grille qui s'écroula aussitôt.

– Vite ! dit-il, on a dû nous entendre.

– Pas sans mes effets ! répondit Jack en s'emparant de son épée, de sa redingote et de son précieux tricorne pendus au mur du couloir.

– Pourquoi prendre ce pistolet ? Tu as déjà eu l'occasion de me tuer avec, mais tu n'as pas voulu t'en servir.

– Es-tu en train de me dire que c'était une erreur ? répliqua Jack en braquant de nouveau son pistolet sur Will.

« Décidément, cela commence à devenir une habitude », songea Will.

– Quand on n'a qu'une balle, mieux vaut attendre le moment opportun, expliqua le pirate. Et il n'est pas arrivé. Pas encore.

Un peu plus tard, Jack et Will prenaient discrètement le chemin des quais et allaient se tapir derrière un pont. L'*Intrépide* était encore à l'ancre dans le port.

–Nous allons voler ce bateau ? demanda Will, stupéfait, en désignant le navire.

–Le RÉQUISITIONNER, corrigea sentencieusement Jack sans quitter des yeux l'*Intrépide*. Nous allons RÉQUISITIONNER ce BÂTIMENT. C'est un terme de marine. (Il se retourna vers Will.) Une question concernant tes motivations... avant de se lancer pour rien. Jusqu'où es-tu prêt à aller pour sauver cette fille ?

–Je mourrais pour elle, répondit Will en serrant les dents.

–Tant mieux ! conclut benoîtement Jack. Me voilà rassuré.

Jack l'entraîna vers le rivage où ils se faufilèrent discrètement sous une chaloupe retournée. Puis le pirate lui ordonna de se redresser et tous deux marchèrent vers l'eau en zigzaguant sur la grève comme des crabes.

–Ou c'est de la folie, ou c'est du génie, dit Will alors qu'ils pataugeaient dans l'eau.

–Ce qui est étonnant, répondit nonchalamment Jack, c'est que souvent, ces deux qualités vont ensemble.

Ils avaient attaché des sacs de sable autour de la chaloupe pour l'alourdir et pouvaient ainsi respirer en toute sécurité l'air emprisonné sous la coque comme dans une cloche. Ils se rapprochèrent du bateau. Le brouhaha de l'équipage cessa aussitôt quand Jack et Will enjambèrent le bastingage de l'*Intrépide*.

–Que tout le monde garde son calme, annonça Jack en descendant majestueusement les marches du gaillard et en brandissant un pistolet. Nous nous emparons de ce navire !

– Oui ! renchérit Will en moulinant son sabre. Restez où vous êtes !

La douzaine d'hommes les regardèrent et tous se mirent à rire.

– Deux hommes ne suffisent pas à manœuvrer ce bâtiment, déclara le lieutenant Gillette. Jamais vous ne sortirez de cette baie !

Mais cet avertissement ne découragea pas Jack.

– Fiston, répondit-il en souriant et en posant le canon de son pistolet sous son nez. Je suis le capitaine Jack Sparrow... Ça te va ?

Et sur ces mots, il leur fit signe de tous embarquer dans une chaloupe.

Pendant ce temps, à bord du vaisseau de Norrington, l'*Intercepteur*, l'équipage chargeait le matériel et s'apprêtait à mettre les voiles. Le commodore s'apprêtait à se lancer à la poursuite du *Black Pearl*. Sur le quai, il examinait le manifeste quand son lieutenant s'approcha de lui.

– Commodore ! l'appela-t-il.

Norrington releva la tête et suivit son regard. Il sortit sa longue-vue. Au loin approchait une chaloupe où le lieutenant Gillette se dressait en faisant de grands gestes.

– Commodore ! criait-il. Ils nous ont volé le navire !

Norrington braqua sa longue-vue vers le quai que son lieutenant pointait du doigt. Mais oui, le vaisseau quittait le port !

–Sparrow et Turner se sont emparés de l'*Intrépide* ! continuait Gillette.

C'était pourtant vrai ! Il reconnut sur le pont Will et Jack qui se débattaient avec les cordages et le gouvernail. L'*Intrépide* était entre leurs mains !

–Téméraire, ce Will Turner, grinça Norrington. Trop téméraire. Et ce Jack Sparrow est décidément le pirate le plus pitoyable que j'aie jamais vu, ajouta-t-il en baissant sa longue-vue.

Norrington était amusé ! Jack Sparrow essayait de réquisitionner l'*Intrépide* ! Le commodore savait que l'*Intercepteur* était plus rapide, et qu'avec seulement deux hommes pour le manœuvrer, l'*Intrépide* serait rapidement rattrapé. Il donna des ordres à son équipage qui mit toute la toile.

– Ils arrivent ! cria Will à Jack en montant sur le gaillard.

Alors que l'*Intercepteur* abordait sa proie, Norrington vit que le pont était totalement désert.

– Fouillez toutes les cabines, le moindre recoin, jusqu'à fond de cale ! ordonna-t-il à ses hommes qui montaient à l'abordage de l'*Intrépide*.

Du coup, l'*Intercepteur* était abandonné, à l'exception d'une sentinelle. Vifs comme l'éclair, Jack et Will montèrent à bord sans se faire voir. L'*Intercepteur* était à eux !

–Tu sais nager ? demanda Jack à la sentinelle en l'empoignant par le cou.

–Comme un poisson, avertit l'homme.

–Tant mieux, dit Jack en le balançant par-dessus bord.

Jack et Will larguèrent prestement les amarres, balancèrent la passerelle d'un coup de pied et hissèrent les voiles.

–Remontez à bord de l'*Intercepteur* ! cria Norrington. Exécution !

Hélas, il était déjà trop tard. Impuissant, Norrington vit l'*Intercepteur* s'éloigner : Jack filait déjà à la poursuite du *Black Pearl*.

–Merci, commodore, de nous avoir permis de prendre la mer ! cria-t-il depuis le gouvernail en lui faisant une révérence moqueuse. Nous aurions eu du mal à y arriver tout seuls !

Les soldats de Norrington ouvrirent le feu, mais ce fut en vain : l'*Intercepteur* était déjà loin.

–Mettons les voiles et sortons de ce pétrin ! grinça Norrington.

–Avec ce vent arrière, nous n'arriverons jamais à les rattraper, objecta son second.

–Je ne cherche pas à les rattraper. Je veux les maintenir à portée de tir.

–Canonniers ! À vos pièces ! cria le second. Parés à faire feu ! Voilà que nous visons nos propres navires, dit-il à Norrington.

–Je préfère encore savoir notre navire au fond de l'océan qu'entre les mains de ce maudit pirate, répondit le commodore qui ne pouvait plus contenir sa fureur.

– Commodore ! dit l'homme de quart. Il a saboté la chaîne du gouvernail.

Pendant ce temps, l'*Intercepteur* filait droit sur la chaloupe où avaient été forcés de monter Gillette et ses hommes.

– Virez de bord ! Virez de bord ! cria le lieutenant alors que la proue menaçante fonçait sur eux. Abandonnez la chaloupe !

Piteusement, les hommes furent contraints de se jeter à la mer tandis que la chaloupe finissait fracassée. Norrington baissa la tête en poussant un soupir excédé.

– C'est sûrement le meilleur pirate que j'aie jamais vu, sourit moqueusement le second pendant que le commodore contemplait cette scène lamentable avec irritation.

– Il semblerait, en effet, répondit-il rageusement.

À bord de l'*Intercepteur* qui voguait fièrement vers le large, toutes voiles dehors et pavillon claquant dans le vent, l'heure était aux confidences.

– J'ai grandi en Angleterre, racontait Will en affûtant une épée. Ma mère m'a élevé toute seule. Après sa mort, je suis venu ici pour chercher mon père.

– Tu m'en diras tant, fit Jack, occupé à régler la voilure.

– Mon père, Bill Turner, continua Will en le suivant sur le pont. Dans la prison, ce n'est qu'en apprenant comment je m'appelais que tu as accepté de m'aider. Comme c'était ce que je voulais, je n'ai pas insisté. Mais je ne suis pas simple d'esprit. (Pendant ce temps, Jack continuait de s'affairer.) Tu as connu mon père ?

Jack poussa un soupir et se redressa.

– Je l'ai connu. Peu d'entre nous le connaissaient sous le nom de William Turner. La plupart l'appelaient seulement le Bottier, ou Bill le Bottier.

– Bill le Bottier ? répéta Will, perplexe.

– Un homme bien, poursuivit Jack en retournant au gouvernail qu'il avait maintenu au cap grâce à une corde. Un bon pirate ! Incroyable ce que tu lui ressembles.

– Non, c'est faux ! s'indigna Bill. Il était dans la marine marchande ! Un homme admirable, qui respectait l'ordre.

Jack leva les yeux au ciel. Décidément, ce pauvre garçon était d'une confondante naïveté.

– Mais oui ! Rien qu'un maudit pirate, un vrai ruffian, ajouta-t-il.

– Mon père n'était pas un pirate ! répéta Will en dégainant son épée,

– Range ton épée, fiston, répondit Jack sans se retourner. Ça ne vaut pas le coup, je te battrais encore.

– Tu ne m'as pas battu. Tu as bafoué les règles d'engagement. En combat loyal, je t'aurais tué.

– Et tu crois que ça me donne envie de me battre à la loyale ? demanda Jack d'un air goguenard.

Et d'un geste vif, il tourna soudain le gouvernail. La bôme vira brusquement et heurta Will qui s'y cramponna et se retrouva suspendu au-dessus des flots.

Jack dégaina son épée et s'approcha du bord du navire.

– Comme tu n'as rien d'autre à faire que de rester là, écoute-moi bien, dit-il en brandissant son épée comme un maître d'école qui fait la leçon. Voilà les deux seules règles qui comptent vraiment : être à la hauteur, ou ne pas être à la hauteur, dit-il en retournant auprès du gouvernail. Par exemple : tu peux accepter que ton père ait été un pirate et un homme bien, ou tu ne peux pas. Mais tu as la piraterie dans le sang, mon gars, et un jour, il faudra bien que tu t'y fasses. (Will l'écouta sans répondre, ébahi.) Moi, par exemple, je peux te laisser te noyer, poursuivit-il avec désinvolture. Mais je ne pourrais jamais amener ce bateau à Tortuga par mes propres moyens. Compris ? Alors...

Il fit de nouveau virer le gouvernail et ramena à bord Will, qui s'affala sur le pont, et lui pointa son épée sous la gorge.

– Est-ce que tu peux naviguer sous le commandement d'un pirate ? (Il fit sauter l'épée dans sa main et la lui tendit, poignée en avant.) Ou pas ?

– Tortuga ? répéta Will en prenant l'arme.

– Tortuga, répondit Jack en souriant.

Défendue par des rochers déchiquetés et de redoutables écueils où se brisaient les lames, Tortuga, l'une des îles les plus inhospitalières de toutes les Caraïbes, était le repaire de la pire engeance que les Indes Occidentales aient jamais porté en leur sein. Flibustiers, pirates, voleurs, catins, éclopés, ivrognes et assassins : l'île accueillait tous les réprouvés et tous les coupe-jarrets ; ceux qui vivaient sans foi ni loi venaient dans ce lieu crasseux et sordide où les marées avaient apporté toute la lie des Caraïbes. Ce n'étaient qu'auberges, tavernes et hôtels aussi borgnes que leurs occupants. Là ne régnaient que rixes et beuveries, bagarres et débauches, tout ce qui pouvait s'acheter était à vendre, du moment que l'on avait de quoi payer. Et en ce lieu où le vice ne s'embarrassait pas des apparences de la vertu, on était bien peu regardant de la provenance des espèces, pourvu qu'elles soient sonnantes et trébuchantes. Là, on réglait ses dettes rubis sur l'ongle et ses comptes au couteau dans des bouges où flottait l'odeur du mauvais rhum, du stupre et du tabac.

Et c'est dans ce port abrité dans une anse que Jack et Will abordèrent à la tombée de la nuit, sous un ciel aussi noir que ses meurtrières falaises.

– Et avant toute chose, dit Jack qui se sentait chez lui dans ces rues mal famées remplies de cris et de coups de mousquets, triste est la vie de celui qui n'a jamais humé le doux et enivrant parfum de Tortuga. Pas vrai ? fit-il en attrapant au vol une splendide canne en ébène à pommeau d'argent. Qu'est-ce que tu en dis ?

– Je dis qu'on va empester, répondit Will alors qu'ils s'arrêtaient sous un empilement de barils où un ivrogne, perché tout en haut, se renversait un pichet de rhum sur la tête.

– Je vais te dire, Will. Si toutes les villes du monde ressemblaient à celle-là, aucun homme ne se sentirait plus mal aimé.

Au même instant, une très belle jeune femme

rousse en robe écarlate se précipita vers le pirate.

– Scarlett ! s'exclama Jack en ouvrant les bras.

Elle lui flanqua une gifle et tourna les talons.

– Je ne suis pas sûr que je la mérite, dit Jack d'un ton de reproche.

Will haussa un sourcil, mais ne pipa mot.

Une jeune femme blonde et lourdement fardée arriva à la hauteur de Jack.

– Giselle ! s'exclama-t-il avec un grand sourire.

– C'est qui, celle-là ? fit la jeune femme.

Et avant qu'il ait pu répondre, elle lui balança elle aussi une gifle et poursuivit son chemin.

– Je l'avais peut-être méritée, celle-là, dit Jack en se frottant le visage.

Inquiet pour l'avenir de Jack, Will se demanda combien de femmes il pouvait bien y avoir dans cette ville.

– Nous devrions quitter ce trou infâme le plus vite possible, dit-il alors qu'ils continuaient leur chemin dans les rues en évitant tantôt les bagarres, tantôt les tas d'immondices. Avec un équipage !

– Ah, oui, c'est vrai, fit distraitement Jack. Il se trouve que je connais un homme qui connaît les meilleurs marins de Tortuga, expliqua-t-il en entrant dans une taverne et en lançant sa canne à Will d'un geste désinvolte.

Ne sachant qu'en faire, Will la confia à un ivrogne près de l'entrée qui ne trouva rien de mieux que de s'en servir pour assommer le premier venu.

– Plus vite nous aurons trouvé notre équipage et

nous partirons, mieux ce sera, dit le pirate. Et voici l'endroit où nous allons trouver notre maître de quart ! dit-il en désignant une taverne appelée la Fiancée Fidèle.

Will regarda l'enseigne qui représentait une jeune femme avec un bouquet de fleurs dans ses mains menottées.

– Par ici, dit Jack en l'entraînant à l'arrière de la taverne.

Vautré dans la boue en compagnie de deux cochons, ils trouvèrent Joshaeme Gibbs. « Ivre comme toujours », songea Jack en lui jetant un seau d'eau au visage.

– Crève donc, espèce de charogne, idiot du village ! brailla Gibbs en sortant un couteau. (Il ouvrit les yeux et vit Jack.) Oh, par ma barbe ! Jack ! Vous savez que c'est pas conseillé de réveiller un ami ? Ça porte malheur !

– Heureusement, j'ai appris à conjurer le sort, répondit Jack en s'agenouillant auprès de lui. L'homme qui réveille doit offrir un verre à l'homme qui dormait. Et l'homme qui dormait doit le boire en écoutant la proposition de l'homme qui l'a réveillé, ajouta-t-il avec un clin d'œil.

Le regard de l'homme s'éclaira.

– Ouais... Ça devrait marcher, dit-il en tendant la main.

Jack aida son vieil ami à se relever pendant que Will lui balançait un autre seau d'eau.

– Tu es malade, toi ! J'étais déjà réveillé ! beugla-t-il.

–C'était pour l'odeur, dit Will pendant que Jack entraînait Gibbs dans la taverne enfumée dont la moitié des clients cuvaient leur gnôle tandis que les autres se battaient entre eux ou poursuivaient les serveuses dodues.

À la lueur des chandelles de suif, les chaises et les tabourets volaient et l'on avait peine à s'entendre.

–Ouvre l'œil, mon gars, dit Jack à Will en le postant auprès d'un pilier.

Jack alla rejoindre Gibbs assis dans un coin sombre de la Fiancée Fidèle pendant que Will faisait le guet. Leur table était éclairée par une seule chandelle, et ils se penchaient l'un vers l'autre pour rester discrets.

–Un seul verre! prévint le pirate en déposant devant lui une chope de rhum.

–Je vais le faire durer, alors, répondit Gibbs. Alors, en quoi il consiste, ce nouveau projet?

–Je me lance à la poursuite du *Black Pearl*, chuchota Jack.

Gibbs faillit s'étrangler avec sa chope de rhum et le dévisagea en écarquillant des yeux terrifiés.

–Je sais déjà où il va, ajouta Jack. Et je vais m'en emparer.

–Jack, fit Gibbs en secouant la tête, c'est de la folie furieuse. Enfin, vous connaissez aussi bien que moi les histoires qui entourent le *Black Pearl*!

–C'est pour ça que je sais ce que mijote Barbossa. Je manque seulement de matelots.

–D'après ce qu'on dit de ce vieux Barbossa, il

n'aime pas trop les têtes brûlées et je le vois mal marchander avec vous, dit Gibbs.

– Eh bien, dans ce cas, ça tombe bien, je ne suis pas une tête brûlée, dit Jack en levant sa chope.

Gibbs n'était pas convaincu.

– Prouvez-moi le contraire, alors. Qu'est-ce qui vous fait croire que Barbossa va vous abandonner son navire ?

– Il suffit d'avoir en poche un argument convaincant, répondit Jack en désignant Will, qui ne pouvait les entendre.

– Le gosse ?

– Ce petit est le rejeton de Bill Turner, alias le Bottier. C'est son fils unique, chuchota Jack. Tu as compris ?

Gibbs considéra Will, qui repoussait difficilement les avances d'une grosse femme très insistante, et plissa les paupières.

– Vous m'en direz tant, fit-il. Vous me parlez d'argument ! Moi je dis que le vent est en train de tourner. Je vais vous trouver des matelots ! Il y a pas mal de marins sur ce rocher qui sont aussi cinglés que vous ! s'anima-t-il.

– Et moi, je l'espère sincèrement, répondit Jack. On se remet en chasse !

– Et on fait main basse ! dit Gibbs en trinquant.

Et sur ces paroles, ils reposèrent bruyamment leurs chopes sur la table. En entendant le bruit, Will sursauta et, croyant que la situation allait mal tourner, dégaina son épée, renversa une table d'un coup de pied et toisa l'assistance avec bravoure, prêt à en découdre.

Jack et Gibbs considérèrent la scène, perplexes.

– Il est un peu pénible, ce gosse, non ? fit Gibbs.

– Tu n'as pas idée, soupira Jack en secouant la tête.

Sur une mer argentée par les rayons de la pleine lune, le *Black Pearl* voguait, ses voiles noires et déchiquetées comme des ailes de chauve-souris claquant dans la brise nocturne.

Enfermée dans une cabine, Élisabeth sursauta en voyant deux pirates entrer. C'étaient ceux qui l'avaient enlevée : Pintel et son compagnon Ragetti, le borgne à l'œil de bois.

– Vous allez dîner avec le capitaine. Et il vous ordonne de porter ceci, dit Pintel en lui présentant une robe de soie couleur lie-de-vin.

– Veuillez répondre au capitaine qu'il ne me sied guère d'accéder à sa requête, rétorqua Élisabeth avec un sourire sarcastique, ravie d'avoir l'occasion de rendre la monnaie de sa pièce à Barbossa.

– Il a dit que vous répondriez ça, ricana Pintel en découvrant ses dents noirâtres. Et aussi que dans ce cas, vous iriez dîner avec l'équipage. Et complètement nue !

Ragetti gloussa en faisant rouler son œil de bois dans son orbite.

Élisabeth lui arracha la robe des mains.

– Bien, fit Pintel.

Ils sortirent pendant qu'elle se changeait. Elle examinait la robe quand elle entendit un bruit. Elle balaya la pièce du regard, intriguée. Que mijotaient donc encore ces deux-là dans le couloir ?

– Laisse-moi voir ! Laisse-moi voir ! dit Pintel en poussant son compagnon.

– Qu'est-ce que tu vois ?

– Je ne vois rien ! se plaignit Ragetti.

Trop pressé, Ragetti qui avait collé son œil de bois devant le trou ne risquait pas de voir grand-chose. Et c'était d'autant plus dommage pour lui qu'Élisabeth venait de découvrir dans le lambris le trou par lequel ces impudents pirates l'épiaient.

– Imbécile ! répondit Pintel.

La jeune fille prit une épingle à cheveux, l'enfonça dans le trou et sentit qu'elle avait touché quelque chose de dur.

– Aïe ! mon œil ! hurla Ragetti.

L'épingle avait arraché son œil de bois et l'avait envoyé rouler sur le pont.

– Rattrapez-le ! Rattrapez-le ! cria-t-il en courant derrière à quatre pattes.

L'œil vint s'arrêter sous la botte de Bosun.

– Si tu y tiens, je serai ravi de te le reclouer en place, dit celui-ci.

– Ça ira, monsieur, dit Ragetti en levant vers lui son orbite vide. Mais au lieu de le lui laisser reprendre, Bosun envoya l'œil rouler d'un coup de pied, tandis qu'arrivaient les hommes chargés de plateaux pour le dîner du capitaine.

Dans la cabine de Barbossa, les marins avaient préparé une table somptueuse, avec couverts et chandeliers en argent, belles bougies de cire blanche, serviettes de drap fin, et disposaient sur la lourde table d'acajou des mets raffinés sur de grands plats ciselés : cochon de lait entier rôti, volailles, poissons fraîchement pêchés, opulentes corbeilles de fruits.

Barbossa fit son entrée et contempla Élisabeth qui attendait timidement dans un coin.

– Servante ou non, cette robe vous va splendidement, dit-il.

– Puis-je savoir ce qu'il est advenu de sa propriétaire ? demanda Élisabeth.

– Ne parlons pas de cela, éluda le capitaine. Je vous en prie, enchaîna-t-il en s'approchant de la table et en l'aidant à s'asseoir.

Il se pencha sur son épaule et aboya :

– Mangez !

Élisabeth chipota dans son assiette du bout de sa fourchette, tandis que le capitaine suivait le moindre de ses gestes avec des regards gourmands.

– Faisons fi des convenances, il n'y a personne à impressionner, dit Barbossa. Vous devez avoir faim, ajouta-t-il en lui désignant avec gourmandise les mets disposés sur la table. Je vous en prie, servez-vous.

Élisabeth mourait de faim. Sans plus de façons, elle arracha une énorme cuisse d'oie et mordit dedans à pleines dents, puis elle dévora un morceau de pain.

–Goûtez au vin, souffla le capitaine avec un enthousiasme exagéré. (Sans la quitter des yeux, il lui tendit une coupe d'argent dont elle s'empara avidement.) Et une de ces pommes vous rafraîchirait, proposa-t-il en la lui présentant avec un sourire encourageant.

Dans le silence à peine troublé par le grincement du navire, Élisabeth jeta soudain le morceau de pain. Brusquement, elle trouvait très suspect l'empressement du capitaine à la faire ainsi manger et à la regarder sans rien goûter lui-même. Même le singe la regardait faire sans tenter de grappiller la moindre miette.

–Elle est empoisonnée ! s'inquiéta-t-elle, paniquée, songeant aux contes de son enfance où de méchantes sorcières abusaient d'un fruit aussi appétissant que mortel les jeunes et jolies princesses.

Pour toute réponse, Barbossa eut un petit rire sinistre. Oh, oui, il aurait bien mangé s'il avait pu, mais il savait que tout comme ses hommes, il ne pouvait y goûter.

–Je serais mal avisé de vous tuer, mademoiselle.

–Alors, relâchez-moi ! Vous avez le médaillon, je n'ai pas la moindre valeur pour vous.

Il sortit le médaillon en or de la poche de son gilet et le laissa se balancer au bout de ses doigts aux ongles sales et crochus.

–Vous ne savez pas ce que c'est, n'est-ce pas ?

– C'est un médaillon de pirate, répondit Élisabeth comme si c'était une évidence.

– C'est un bijou aztèque en or, souffla-t-il d'un ton plein de révérence. L'un des huit cent quatre-vingt-deux joyaux similaires livrés dans un coffre de granit à Cortés lui-même. Pour échapper au massacre. Le prix du sang, mademoiselle Turner, pour assouvir la fureur de l'armée espagnole... Mais Cortés était cupide et insatiable. Les dieux païens lancèrent alors sur cet or une terrible malédiction. Tout mortel qui osera soustraire une seule pièce de ce coffre de pierre sera puni pour l'éternité.

– Je ne crois plus à ces histoires de fantômes, capitaine Barbossa, dit Élisabeth.

– Oui ! C'est exactement ce que je me suis dit quand on nous a raconté cette légende ! répondit Barbossa en se levant. Un coffre sur une île de mort que ne peuvent trouver que ceux qui savent déjà où elle est... continua-t-il en venant se placer derrière la chaise de la jeune fille. Mais on l'a trouvé, dit-il en se penchant et en approchant son répugnant visage tout près du sien. Le coffre nous attendait, chuchota-t-il. Rempli d'or. Et nous avons tout volé. Nous l'avons dépensé, marchandé, nous avons tout dilapidé en nourriture, boissons et plaisantes compagnies. Mais plus nous le semions aux quatre vents, plus nous comprenions qu'en fait, notre soif n'était pas satisfaite et que la nourriture devenait cendres dans notre bouche. Et la plus aimable compagnie du monde ne soulageait nul désir. Nous sommes des maudits, mademoiselle Turner, annonça-t-il d'un ton théâtral. La cupidité nous aveuglait autrefois et maintenant, elle nous consume à jamais !

Le petit singe s'agita sur son perchoir et poussa des cris comme s'il comprenait l'horrible sort dont tous les occupants de ce navire étaient les victimes. Barbossa posa une main consolatrice sur l'animal. Élisabeth profita de ce moment d'inattention pour prendre discrètement un couteau sur la table et le dissimuler sous sa serviette.

– Mais il existe néanmoins un moyen de conjurer le sort, poursuivit-il en donnant le médaillon au petit singe qui vint se jucher sur son épaule. Toutes les pièces d'or aztèque disséminées dans le monde doivent être réunies, et le sang versé en offrande.

Le singe sauta à terre et décampa. Élisabeth et Barbossa le suivirent du regard.

– Grâce à vous, reprit-il, nous avons la dernière pièce.

– Et le sang versé en offrande ? demanda Élisabeth, de plus en plus inquiète.

– C'est pour cela que vous tuer ne rime à rien, sourit malicieusement le capitaine. Pour l'instant. Une pomme ? proposa-t-il avec un sourire désarmant.

Élisabeth resta ébahie. Mortifiée, elle se rendit soudain compte que c'était son sang qu'il réclamait.

Furieuse, elle fit voler la pomme d'un revers de main et se leva d'un bond en brandissant le couteau. Sans se laisser impressionner, Barbossa se jeta sur elle. Elle courut dans la cabine, cherchant à lui échapper, mais il parvint à s'emparer d'elle. Se retrouvant acculée contre la paroi, Élisabeth plongea le couteau dans sa poitrine. Le capitaine considéra la blessure sans émotion puis, au grand étonnement de la jeune fille, il arracha la lame sanglante et la brandit devant elle.

– Je me demande ce que vous comptiez faire après m'avoir assassiné ! dit-il.

Terrifiée, Élisabeth s'enfuit de la cabine et gagna le pont. À la lumière de la lune, elle vit soudain l'équipage du *Black Pearl* et se figea. Les pirates se trouvaient à leurs postes, brossant le pont, enroulant des cordages ou hissant des voiles. Ils chantaient une vieille chanson de marins tout en travaillant, mais sous les rayons de la lune, Élisabeth ne voyait que des os et des squelettes grimaçants qui la dévisageaient de leurs orbites vides. Horrifiée, elle se mit à courir, poursuivie par ces monstres d'outre-tombe qui semblaient surgis de l'enfer, mais partout où elle se tournait, elle ne voyait que ces créatures effrayantes qui ricanaient, ravies de la terrifier ainsi. Terrorisée, elle retourna se réfugier dans la cabine où était resté le capitaine, qui, à l'abri des rayons de la lune, avait encore l'air humain.

– Regardez ! s'exclama-t-il en l'empoignant et en la retournant de force vers le pont. L'éclat de la lune nous révèle tels que nous sommes !

Le singe, lui aussi un squelette, poussa un cri et sauta sur l'épaule du capitaine en brandissant le médaillon.

– Nous ne faisons pas partie du monde des vivants, poursuivit Barbossa tandis que deux squelettes jouaient un air. Et c'est pourquoi nous ne pouvons mourir ! Mais nous ne sommes pas morts pour autant. (Il la retourna et colla son visage contre le sien.) Depuis trop longtemps, mon corps brûle d'une soif que je ne puis étancher. Depuis trop longtemps, je meurs de faim, sans pouvoir mourir. Je ne peux rien ressentir… Ni le vent sur mon visage ni les embruns de l'océan, gronda-t-il d'une voix suppliante. Ni la chaleur de la chevelure d'une femme.

Il tendit la main vers Élisabeth qui recula sur le pont baigné par le clair de lune. Et sous ses yeux horrifiés, elle vit la main éclairée par la lune se changer lentement en squelette. Barbossa continua d'avancer et ce fut son visage qui laissa alors la place à un crâne décharné.

Il sortit une bouteille de vin d'un casier et la déboucha avec les dents avant de la lever comme pour boire à la santé d'Élisabeth.

– Commencez à croire aux histoires de fantômes, mademoiselle Turner ! lui conseilla-t-il en buvant au goulot, tandis que le vin jaillissait entre ses côtes. Parce que vous en vivez une !

Terrorisée, Élisabeth s'enfuit précipitamment tandis que Barbossa brisait rageusement contre la porte la bouteille qui n'avait pu étancher sa soif. Puis il referma la porte et se retourna vers ses hommes en éclatant d'un rire diabolique auquel ils se joignirent.

– Qu'est-ce que vous regardez ? hurla-t-il soudain. Tout le monde à son poste !

Les hommes obéirent et retournèrent à leur tâche.

Prostrée dans un coin de la cabine, les jambes repliées sous son menton, Élisabeth, désemparée, n'osait même plus penser au sort funeste qui l'attendait en compagnie de ces monstres grotesques.

13

Au matin, Gibbs avait recruté tout ce que Tortuga comptait de voyous déguenillés afin de les soumettre au verdict de Jack.

– Un plaisir pour les yeux, capitaine. Tous de bons et fidèles loups de mer ! Ils valent tous leur pesant de gros sel. Et tous cinglés, en plus !

Jack les passa en revue, une banane encore verte à la main comme s'il s'était agi d'un pistolet. C'était un équipage bien disparate. Il y en avait de tous les âges et de toutes les tailles, jusqu'à un nain à l'œil féroce, pas plus grand qu'un baril de poudre. Certains avaient l'air de n'avoir connu que la poisse depuis bien longtemps.

– Alors, c'est ça, ton équipage vigoureux ? demanda Will, consterné.

Jack ne répondit pas. Il s'arrêta devant un homme aux yeux brillants avec un gros perroquet jaune et bleu perché sur son épaule.

–Toi, marin, commença-t-il.

–Cotton, monsieur, lui souffla Gibbs.

–Monsieur Cotton, reprit Jack d'un ton péremptoire. Avez-vous la force morale d'obéir aux ordres et de rester stoïque face au danger et à une mort certaine ?

Le vieil homme à la barbe grisonnante et au crâne recouvert d'un foulard qui avait dû être bleu continua de regarder droit devant lui sans ciller.

–Monsieur Cotton ! s'écria Jack. Répondez-moi !

–Cotton est muet, monsieur. Le pauvre diable a eu la langue coupée, dit Gibbs (L'homme ouvrit la bouche et Jack fit une grimace horrifiée.) Alors il a appris à son perroquet à parler à sa place, continua Gibbs d'un ton enjoué. Dieu seul sait comment, soupira-t-il.

–Perroquet de Monsieur Cotton, reprit Jack après réflexion, car après tout, il en avait vu d'autres. Même question.

–Vent dans les voiles ! piailla le perroquet.

–En fait, on suppose que... ça veut dire oui, traduisit Gibbs.

–Mais, évidemment, répondit Jack sans se laisser démonter. Satisfait ? demanda-t-il à Will, de plus en plus effaré.

–Tu m'as prouvé que ce sont des malades ! répondit-il.

–Et comment on va en tirer profit ? interrogea soudain une voix un peu plus loin.

Jack continua son chemin et s'arrêta devant un marin qui baissait la tête et dont le visage était caché par le large rebord de son chapeau orné de coquillages.

Jack ôta délicatement le chapeau et découvrit le visage d'une belle quarteronne aux lèvres pincées.

– AnaMaria ! s'exclama-t-il avec un grand sourire.

Pour toute réponse, celle-ci lui flanqua en plein visage une gifle qui fit voler ses colifichets.

– Je suppose que tu ne la méritais pas non plus, fit observer Will.

– Non, je la méritais, celle-là, répondit Jack.

– Tu m'as volé mon bateau ! hurla la jeune femme.

– Non, je l'ai... commença Jack, qu'une autre gifle fit aussitôt taire. Emprunté, rectifia-t-il. Emprunté sans ta permission, appuya-t-il. Mais j'avais l'intention de te le rapporter très prochainement, ajouta-t-il avec une courbette.

– Je l'attends encore ! rétorqua AnaMaria.

– Je t'en donnerai un autre, dit-il avec un grand sourire enjôleur.

– J'y compte bien, répondit-elle en pointant un index menaçant sur son nez.

Jack brandit sa banane entre ses doigts bagués et recula d'un pas.

– Et un beaucoup mieux, intervint Will.

– Et un beaucoup mieux, répéta triomphalement Jack.

– Celui-là, dit Will en désignant l'*Intercepteur*.

– Lequel ? interrogea Jack.

– Celui-là, répéta Will.

Tous se tournèrent vers la mer où l'*Intercepteur* avait jeté l'ancre à quelques encablures. Jack le foudroya du regard.

– Celui-là ? Bon, d'accord, celui-là, concéda-t-il. Ça te va ?

– Ouais ! cria AnaMaria.

– Ouais ! renchérirent les autres en se précipitant vers les chaloupes.

– Non, non, non, il ne faut pas faire ça, intervint Gibbs. Ça porte malheur d'amener une femme à bord, Jack.

– Ce serait bien pire de ne pas l'avoir, répondit Jack avec un roulement d'yeux désespéré, banane toujours en main.

14

Au loin sur la mer des Caraïbes, le tonnerre grondait. Pris dans la tempête, l'*Intercepteur* roulait et tanguait sous les énormes nuages noirs. Régulièrement, sur le pont, déferlaient d'énormes vagues balayant les hommes qui peinaient à la manœuvre, tandis qu'une pluie incessante tombait en rafales et que les éclairs déchiraient le ciel.

–Comment on peut faire voile vers une île que personne ne peut trouver ? cria Will, ruisselant, à son compagnon tout en tirant un cordage. Et avec un compas hors d'usage !

–Je sais, cria Gibbs pour couvrir le fracas des vagues et du tonnerre. Le compas n'indique pas le nord. Mais ce n'est pas vraiment le nord qu'on cherche !

À la barre, Jack examina son compas et hocha la tête. Tout allait bien. Il le regarda de nouveau ; en effet, il n'indiquait pas le nord, mais pointait toujours vers l'île de la Muerta, port où il pensait trouver le *Black Pearl*.

Le vaisseau tressautait sur les vagues dans la bourrasque, toutes ses voiles blanches tendues, mais Jack manœuvrait le gouvernail de main de maître. Gibbs vint le rejoindre en gravissant péniblement les marches du gaillard d'arrière tant le navire était secoué par la houle.

– Il faut réduire la voilure, monsieur ! cria-t-il entre deux rafales de pluie, craignant que les voiles ne se déchirent.

– Elles tiendront encore un peu, répondit Jack alors que l'orage prenait de l'ampleur.

Le vent redoubla en rugissant dans la mâture. Jack regarda son compas, puis la mer, et sourit.

– Qu'est-ce que vous avez en tête pour être d'aussi bonne humeur, capitaine ? cria Gibbs par-dessus les rafales.

– Nous les rattrapons, répondit Jack.

Pendant ce temps, toujours prisonnière dans sa somptueuse cabine sur le *Black Pearl*, Élisabeth contemplait tristement le morne paysage désolé et déchiqueté de l'île de la Muerta à travers les vitres que cinglait la pluie. Soudain, Pintel et Ragetti entrèrent avec deux camarades.

– En avant toute, poupée ! dit Pintel, qui tenait une corde.

Ils l'entraînèrent sur le pont et entreprirent de la ligoter pendant que Ragetti la narguait en se curant les ongles avec son couteau. Après quoi, Barbossa lui attacha son médaillon au cou. Et cela fait, ils embarquèrent dans les chaloupes pour gagner le rivage, Barbossa en tête, toujours accompagné de son sinistre et malfaisant petit singe qui ne cessait de pousser des cris.

À travers le brouillard, elle aperçut une sombre grotte marine devant eux. Les quatre chaloupes s'engouffrèrent à l'intérieur et disparurent dans les ténèbres. Ils étaient arrivés dans leur repaire secret de la redoutable île de la Muerta, aride et noyée dans de perpétuels brouillards, ainsi nommée en raison de sa forme : en effet, si elle avait jamais figuré sur une carte, on aurait pu voir que cette île battue par les vagues, où presque personne ne pouvait aborder, avait la forme d'une tête de mort surgissant de la mer et contemplant le ciel de ses orbites noires. Et c'était l'une de ses narines qui formait l'entrée de la grotte des pirates.

15

–Les morts ne racontent pas d'histoires ! caqueta le perroquet de Cotton alors que l'*Intercepteur* glissait lentement dans le brouillard qui entourait l'île.

Tout l'équipage, appuyé au bastingage, contemplait avec angoisse le funeste spectacle : ils étaient arrivés dans le cimetière des innombrables navires qui s'étaient abîmés sur les récifs entourant l'île de la Muerta. Partout, tout autour d'eux, dans un silence glaçant, ce n'étaient qu'épaves noircies et béantes, dressant vers le ciel gris leurs squelettes décharnés et mâts brisés qui surgissaient d'une eau noire grouillant de requins assoiffés de sang.

–Ça flanque la chair de poule, tous ces marins honnêtes qui ont laissé leur vie dans cette passe, dit Gibbs.

Il y eut un grondement sourd lorsqu'un mât racla la coque, menaçant de faire sombrer l'*Intercepteur*.

Heureusement, Jack était à la barre. Il referma son compas d'un geste vif et se concentra sur la navigation entre les épaves. Il procéda à quelques petites corrections et le raclement cessa. Gibbs quitta le bastingage et Will le suivit, tandis que le navire longeait les carcasses grisâtres des vaisseaux échoués.

–Comment Jack est-il en possession de ce compas ? demanda Will à mi-voix.

–Je ne savais pas grand-chose de Jack Sparrow avant qu'il débarque à Tortuga avec le projet de trouver le trésor de l'île de la Muerta. À l'époque, je ne le connaissais pas, il était capitaine du *Black Pearl*.

–Quoi ? demanda Will, étonné d'apprendre que le navire avait été autrefois la propriété de Jack Sparrow. Jamais il n'a parlé de cela !

Gibbs but une rasade de gnôle de la gourde qui ne le quittait jamais depuis toutes ces années.

–Il est très discret depuis quelque temps, expliqua Gibbs. La leçon a été dure à apprendre. Trois jours après le début de l'aventure, le second vient le voir et lui dit: « Comme on doit tout partager, il faut me dire aussi où le trésor se trouve »... Alors Jack le met au courant, et... cette nuit-là, il y a eu une mutinerie. Ils ont abandonné Jack sur une île déserte pour le laisser mourir. Après que la fournaise lui eut fait perdre la tête.

–Ah, fit Will. Voilà donc la raison de tous ces...

Il mima les contorsions et les grands roulements d'yeux dont Jack était coutumier.

–La raison n'a rien à voir avec ça. Tu sais Will, quand on abandonne un pirate ainsi, on lui laisse un pistolet avec une seule balle, une seule. C'est pas très utile pour aller à la chasse ou tenter de sauver sa peau. Mais au bout de trois semaines, quand tu as le ventre vide et que tu crèves de soif, ce pistolet, tu commences à l'aimer, continua Gibbs en portant l'index à sa tempe pour joindre le geste à la parole. Mais Jack s'est échappé de l'île ! s'exclama-t-il. Et il a toujours cette unique balle. Il ne s'en servira jamais, sauf sur un seul marin. Son second, le chef des mutins…

– Barbossa ! dit Will, qui venait de comprendre.

– Oui, lui-même.

– Mais comment Jack a-t-il pu s'échapper de l'île ? demanda Will.

– Il a fait la planche, à quelques encablures, et il est resté là trois jours et trois nuits, le temps que la plupart des créatures de la mer se soient habituées à sa présence. Et le quatrième matin, il s'est amarré à un couple de tortues et les a ficelées pour se faire un radeau.

– Il a ficelé un couple de tortues ? répéta Will, incrédule.

– Oui, lui assura le vieux marin. Des tortues de mer.

– Avec quoi il a fabriqué la ficelle ? demanda Will qui n'y croyait toujours pas.

Gibbs ne trouva rien à répondre. Ils se retournèrent et virent Jack qui les observait depuis un moment.

– Des poils humains, dit Jack en roulant des yeux. Ceux de mon dos. Allez, on jette l'ancre, s'écria-t-il pour l'équipage.

– Parés au mouillage ! crièrent les hommes.

–Le jeune monsieur Turner et moi allons à terre, annonça-t-il.

–Parés à jeter l'ancre, cria AnaMaria.

Gibbs se pencha vers Jack.

–Et si les choses tournaient mal ? demanda-t-il à voix basse.

–Applique le code, dit Jack avec un clin d'œil entendu.

–Ah oui, le code, répéta Gibbs, tandis que Will les regardait s'éloigner avec méfiance.

16

Pendant ce temps, dans la grotte, les pirates étaient arrivés au bout du long chenal et débarquaient dans une caverne. Son petit singe sur l'épaule, Barbossa sauta sur la rive, tandis que ses hommes déchargeaient les caisses et les coffres de butin dont leurs barques débordaient. À la lueur de leurs torches, les pirates emmenaient en ricanant par des tunnels tortueux connus d'eux seuls Élisabeth toujours ligotée.

Ils parvinrent à une grande salle où étaient amoncelées quantités de trésors. Élisabeth n'en crut pas ses yeux : des coffres débordants de pierres précieuses, de perles et d'objets de valeur scintillaient de mille feux. Au milieu d'un petit lac, un rocher se dressait, croulant de bijoux et de vaisselle d'or et d'argent.

Au sommet, sous une ouverture de la voûte, trônait un énorme coffre de granit sculpté de masques aztèques : le sinistre et célèbre coffre de Cortés !

Élisabeth le contempla d'un regard horrifié tandis que les hommes déversaient tout autour d'elle des sacs remplis de butin.

– Dix ans à amasser ce magot, se félicita Pintel qui transportait avec Ragetti un lourd coffre de bois.

– Et on va enfin pouvoir le dépenser, dit son compagnon en renversant le coffre.

Il s'en échappa une robe et une ombrelle qu'ils ramassèrent.

– Quand la malédiction sera levée, on sera riches, tu verras, l'ami, lui assura Pintel, et tu pourras t'acheter un vrai œil de verre qui tient bien en place. Ce sera autre chose !

– Celui-là me fait mal, c'est insupportable, pleurnicha Ragetti, l'ombrelle ouverte posée sur l'épaule.

– Arrête de frotter ton œil, le réprimanda Pintel. Ça grince !

Bosun, le colosse tatoué, les regarda avec consternation. Ces deux-là étaient vraiment les pirates les plus stupides de tout l'équipage !

Jack et Will montèrent dans une chaloupe et s'approchèrent du *Black Pearl*.

– Elle est là ? demanda Will au pirate qui avait sorti sa longue-vue et scrutait le pont du navire.

– Non.

– Où est-elle, alors ? demanda Will.

– Ça a commencé, répondit Jack d'un ton désolé en abaissant sa longue-vue.

À l'entrée de la grotte, Jack ramait dans les eaux calmes, tandis que Will éclairait le chemin avec une lanterne accrochée au bout d'une perche. L'air était humide et suffocant. Sur un côté, Will aperçut les débris du squelette d'un homme, une épée enfoncée dans le dos.

Alors qu'ils passaient devant le pauvre diable, Will posa une question à Jack.

– Qu'est-ce que c'est, le code que Gibbs doit appliquer, si cela tourne mal ?

– Le code des pirates, dit Jack sans cesser de ramer. Tout homme qui ne reste pas à sa place reste sur place.

Tout le long du chenal, les corniches rocheuses étaient jonchées des squelettes de ceux qui avaient vainement tenté d'atteindre le trésor tant convoité. Ils y avaient laissé leur vie et avaient servi de nourriture aux crabes affamés.

– Pas de héros parmi les voleurs, c'est ça ?

– Tu as un point de vue tellement noir sur les pirates que tu m'as l'air bien parti pour en devenir un, observa gravement Jack. Tu as fait évader un prisonnier, lui rappela-t-il judicieusement, réquisitionné un vaisseau de la Marine royale, vogué avec des boucaniers au large de Tortuga…

Brusquement, plusieurs petits cercles brillants se mirent à scintiller au fond de l'eau peu profonde, de plus en plus nombreux. Will se pencha et vit des milliers de pièces d'or qui réfléchissaient la lumière de la lanterne ; elles provenaient toutes des trésors que Barbossa avait rapportés dans la grotte.

– Et tu es totalement obsédé par les trésors, conclut Jack en se penchant à son tour.

– C'est complètement faux, dit Will alors qu'ils parvenaient sans bruit à l'endroit où les pirates avaient amarré leurs chaloupes. Je ne suis pas obsédé par les trésors.

Will tira leur embarcation au sec. Sans répondre, Jack en sauta et l'entraîna le long d'un petit sentier qui grimpait.

– Tous les trésors ne sont pas d'argent et d'or, l'ami, dit le pirate quand ils furent parvenus en haut.

Il lui fit signe de le rejoindre jusqu'à une crevasse dans la paroi et Will comprit ce qu'il voulait dire en apercevant Élisabeth. Prudemment, ils regardèrent à l'intérieur de l'immense caverne. Elle était entièrement remplie du trésor le plus extraordinaire qui soit et dont le plus fortuné des souverains aurait été jaloux.

À la lueur des torches des pirates étincelaient des lingots d'or et d'argent des fabuleuses mines du Pérou, des coffrets en or sertis de diamants, des bagues, bracelets et broches aux joyaux flamboyants, des rubis, saphirs et émeraudes de toutes tailles, de longs colliers d'énormes perles, de turquoises des Indes et de tourmaline, des cascades de soieries chatoyantes et de splendides brocars, et des tas de pièces, ducats, souverains et écus d'or pillés sur les riches galions espagnols. Et il y avait encore des statues païennes dérobées aux Incas, des chandeliers et des lustres de cristal et d'argent volés sur les navires marchands de Sa Majesté, et d'innombrables plats et coupes précieuses. Au centre de la grotte, les pirates continuaient de déverser des quantités d'or et d'argent autour d'Élisabeth, qui se tenait auprès d'un coffre en pierre aztèque avec Barbossa.

– Messieurs, l'heure est venue ! braillait celui-ci en brandissant le poing. Notre salut est proche ! Notre tourment va prendre fin !

Les pirates poussèrent des vivats.

– Élisabeth ! chuchota Will.

– Depuis dix ans, on nous met à l'épreuve, continuait Barbossa. Et chaque homme ici présent a prouvé sa vaillance une centaine de fois. Et au moins une autre centaine !

Les pirates levèrent leurs torches dont la lumière fit scintiller de plus belle l'immense trésor.

– J'ai souffert le calvaire ! geignit Ragetti.

– Et notre punition, tous autant que nous sommes, a dépassé de loin notre crime ! martela Barbossa. Et le voilà !

À ces mots, d'un coup de pied, il repoussa le couvercle du coffre de granit, découvrant sous les yeux stupéfaits d'Élisabeth un énorme tas de pièces d'or dans lesquelles il plongea la main.

– Le maudit trésor de Cortés en personne, conclut-il. Et chacune des pièces qui a été égarée y a été rendue ! Excepté celle-ci ! s'écria-t-il en désignant le médaillon que portait la jeune fille.

Les hommes poussèrent un rugissement de triomphe.

Will, horrifié, voulut se précipiter au secours de

sa bien-aimée, mais le pirate s'y opposa très fermement.

– Il va falloir attendre le moment opportun ! chuchota-t-il, avant de quitter leur cachette et de redescendre.

– Ce sera quand ? demanda Will. Quant tu en tireras le meilleur profit ?

Jack s'immobilisa tout net et ouvrit de grands yeux.

– Je peux te poser une question ? demanda-t-il en venant coller son nez sous le sien. T'ai-je déjà donné une raison de te défier de moi ? Rends-nous service. Je sais que c'est difficile pour toi, mais je t'en prie, reste là ! Et tâche de ne rien faire de... stupide, ajouta-t-il avec un petit sourire entendu.

Dans la grotte, Barbossa continuait sa harangue.

– Qui parmi nous a offert son sang en sacrifice aux dieux des païens ? interrogea-t-il. (Les hommes répondirent en chœur en levant leurs torches.) Et qui ne l'a pas encore offert, mes frères ?

– Elle ! rugirent les pirates en tendant leurs coutelas vers Élisabeth, qui se recroquevilla, terrifiée.

– Savez-vous ce que je commencerai par faire, une fois la malédiction levée ? continua Barbossa tandis que Jack se faufilait plus près. Déguster tout un cageot de pommes, gronda-t-il en s'approchant d'Élisabeth.

Il la força sans ménagement à s'agenouiller et à poser sa tête sur le rebord du coffre ouvert.

Il s'empara du couteau rituel en ivoire qui reposait sur les pièces et le brandit tandis que ses hommes scandaient.

– Ce qui commence dans le sang doit finir dans le sang, annonça-t-il.

Jack se retourna en entendant des pas derrière lui. Will n'était pas de tempérament patient. La vie d'Élisabeth était en jeu. Sans crier gare, le jeune homme l'assomma d'un coup de pagaie.

– Désolé, Jack, mais tu ne pourras pas te servir de moi, dit-il.

Le singe leva subitement le nez et tourna la tête alors que le capitaine Barbossa entaillait de son couteau la paume d'Élisabeth qui poussa un cri, plaça le médaillon dessus et lui referma la main.

– C'est tout ? demanda-t-elle.

– Pas de gaspillage, répondit Barbossa en souriant.

Sur ces mots, il reprit le médaillon ensanglanté et le laissa tomber dans le coffre de pierre tandis que les pirates scandaient toujours. Son couteau toujours à la main, il s'écarta et ferma les yeux avec un sourire extatique. Les pirates se turent et se tendirent, impatients de voir ce qui allait se passer quand la malédiction serait levée. Un sourire extatique aux lèvres, Barbossa ferma les yeux comme un saint qui attend une révélation. Pendant ce temps, Will se faufilait à l'autre bout de la caverne.

– Ça a marché ? demanda l'un des hommes au bout d'un moment.

– Je ne me sens pas très différent, dit Ragetti en examinant sa poitrine décharnée.

– Comment savoir ? interrogea Pintel.

Barbossa leva les yeux au ciel, sortit son pistolet et

lui tira une balle en pleine poitrine. L'équipage fut cruellement déçu en voyant que Pintel ne s'écroulait pas.

–Tu n'es pas mort ! s'exclama un borgne.

–Non, répondit Pintel, soulagé. Il a tiré sur moi ! se plaignit-il en désignant Barbossa.

–Ça n'a pas marché, s'indigna un autre homme. La malédiction est toujours sur nous !

Barbossa était furieux. Il examina la lame du couteau qui portait pourtant encore des traces de sang. Furieux, il se tourna vers Élisabeth et l'empoigna.

–Toi, la domestique ! Ton père, comment il s'appelle ? C'est bien William Turner ?

–Non, répondit Élisabeth avec un sourire de triomphe.

–Où est son enfant ? demanda-t-il en la secouant de plus belle. L'enfant qui est venu d'Angleterre il y a huit ans, celui qui a dans ses veines le sang de William Turner ? Où est-il ? gronda-t-il en ramassant le médaillon ensanglanté et en le lui agitant sous le nez.

Élisabeth se contenta de sourire d'un air de défi. Excédé, Barbossa lui assena une telle gifle qu'elle tomba du tas de bijoux et resta allongée, évanouie. Les pirates se mirent à pousser des cris.

–Vous deux, cria Bosun en désignant Pintel et son compagnon borgne, vous avez fait erreur sur la personne !

–Non ! Elle avait le médaillon et elle est du bon âge ! Et elle a dit s'appeler Turner ! Vous l'avez bien entendue ! plaida Ragetti. Elle a dû nous mentir !

Pendant ce temps, Will avait traversé sans un bruit le petit lac et avait rejoint Élisabeth. Elle se réveilla lorsqu'il lui posa une main sur la bouche en lui faisant signe de se taire et de le suivre dans l'eau. Élisabeth se releva discrètement, puis elle ramassa le médaillon qui était tombé avec elle.

– Sois maudit, on est venus pour rien ! cria un homme à Barbossa.

– Je ne veux ni accusation ni conjectures de gens de votre sorte, maître Twigg, répliqua Barbossa, furieux.

– Comment lui en vouloir ? Toutes les décisions que tu as prises n'ont fait qu'aggraver la situation, dit un troisième.

– C'est toi qui as envoyé le Bottier par le fond, reprocha un homme à Barbossa.

Les hurlements redoublèrent et tous les pirates se dressèrent.

– Et c'est toi qui nous as amenés ici la première fois, dit Bosun en tirant son épée et en s'apprêtant à gravir le trésor.

– Bande de lâches ! s'écria Barbossa en dégainant la sienne. Si l'un de vous ose me défier, qu'il parle ! les menaça-t-il en faisant tournoyer sa lame qui siffla dans les airs.

– Moi, je dis qu'il faut trancher la gorge de cette fille ! Qu'on la saigne comme un porc, proposa un homme. Juste au cas où...

– Oui ! Oui ! s'écrièrent tous les autres.

Le singe avait vu Will et Élisabeth s'enfuir. Ses cris résonnèrent dans la caverne tandis qu'il désignait les fuyards. Barbossa se retourna, baissa les yeux et vit qu'Élisabeth avait disparu avec le médaillon.

– Le médaillon ! s'écria-t-il, en proie à la fureur. Elle nous l'a volé ! Poursuivez-la ! Rattrapez-la, bande d'incapables !

Les pirates se précipitèrent vers leurs canots, mais là aussi, une bien mauvaise surprise les attendait !

– Les rames ont disparu ! s'exclamèrent les hommes.

– Retrouvez-les ! cria Bosun.

Dans la mêlée, encore étourdi par son coup sur le crâne, Jack Sparrow fit son apparition, tenant toujours la rame avec laquelle Will l'avait frappé.

– Toi ! dit Ragetti en le reconnaissant.

– Mais tu devrais être mort depuis longtemps ! gronda Pintel.

– Je ne suis pas mort ? demanda Jack en titubant parmi les trésors, tricorne de travers.

Il s'apprêta à faire demi-tour d'un pas incertain, mais il se retrouva nez à nez avec d'autres pirates qui dégainèrent leurs épées et leurs pistolets. Il était pris entre deux haies de pistolets et de sabres. Jack se ressaisit.

– Pour..., commença-t-il d'une voix si pâteuse que personne ne comprit. Pour... dire... Pour... chanter... Poupée ?

Décidément, ce coup sur la tête lui avait joué des tours !

– Pourparler ? finit par suggérer Ragetti.

– Oui, voilà ! Pourparler, clama Jack.

– Pourparler ? répéta Pintel. Au diable les misérables têtes d'œuf qui ont inventé le pourparler !

Jack posa une main rassurante sur le canon du pistolet du pirate et l'abaissa prudemment.

Au même instant, le capitaine Barbossa fendit le groupe, s'avança vers Jack et le toisa. Tous se turent.

– Par l'enfer, comment as-tu réussi à quitter cette île ? demanda le capitaine.

– Quand tu m'as voué à la mort, sur cette île maudite, ce pâté de sable, répondit Jack en souriant, nonchalamment appuyé sur sa rame, tu as oublié un truc primordial, camarade.

Barbossa le regarda sans comprendre.

– Je suis le capitaine Jack Sparrow, acheva Jack avec un grand sourire triomphal, comme si c'était une évidence qui expliquait tout.

– Ne compte pas sur moi pour faire la même erreur aujourd'hui, répondit Barbossa d'un ton menaçant en s'avançant vers lui. (Il se retourna et s'adressa à ses hommes.) Les gars, vous vous souvenez tous du capitaine Jack Sparrow ? (Tout le monde opina.) Tuez-le ! ordonna-t-il avant de tourner les talons.

Pistolets et fusils se relevèrent en cliquetant, tous braqués sur Jack, quand celui-ci, sans se départir de son calme, s'adressa à Barbossa.

– Dis-moi, le sang de la fille n'a rien donné, n'est-ce pas ?

Barbossa s'immobilisa. Puis il fit volte-face.

– Ne tirez pas ! dit-il.

Tous baissèrent leurs armes et Pintel, déçu, fit une

grimace rageuse. Barbossa revint sur ses pas et hocha la tête.

– Tu sais où est l'enfant qu'on cherche, n'est-ce pas ?

– Je sais où est l'enfant que tu cherches, acquiesça Jack.

17

Will jeta les derniers avirons des pirates à la mer et aida Élisabeth, trempée et échevelée, à monter à bord de l'*Intercepteur*.

–Oh, je n'en peux plus des pirates, fit Élisabeth, consternée, en se retrouvant face à face avec l'équipage plus que pittoresque qu'avait recruté Jack et qui attendait sur le pont.

–Bienvenue à bord de l'*Intercepteur*, mademoiselle Élisabeth, l'accueillit Gibbs en se détachant du groupe.

–Monsieur Gibbs ? demanda-t-elle, stupéfaite.

–Hé, petit, où est Jack ? demanda Gibbs.

–Jack ? répéta Élisabeth en tournant vers Will un regard accusateur. Jack Sparrow ?

Will ne répondit pas et Élisabeth étouffa un cri en se rendant compte qu'elle n'avait pas été sauvée par Will tout seul, mais aussi par Jack Sparrow, le redoutable pirate.

– Laissé sur place, répondit laconiquement Will en entraînant la jeune fille.

Gibbs et ses hommes échangèrent un regard lugubre.

– On applique le code ! cria Gibbs, les dents serrées.

– Levez l'ancre, larguez les voiles, ordonna AnaMaria tandis que Gibbs contemplait l'île d'un regard impuissant. Et que ça saute, moussaillons !

L'*Intercepteur* fit voile vers le large.

Dans la cabine éclairée par des bougies, Élisabeth était en train de panser sa main blessée sous le regard bienveillant de Will.

– Quel genre d'homme échange une vie humaine contre un navire ? demanda-t-elle rageusement.

– Un pirate, répondit-il. Attendez, ajouta-t-il en prenant sa main dans les siennes. (Élisabeth releva la tête, surprise.) Laissez-moi faire.

– Merci, dit Élisabeth.

– Vous dites que vous vous êtes présentée sous mon nom à Barbossa, dit-il alors qu'il la soignait tendrement. Pourquoi ? demanda-t-il en relevant la tête et en plongeant son regard dans le sien.

Élisabeth le fixa sans répondre, puis elle baissa les yeux.

– Je n'en sais rien, dit-elle finalement.

Un geste un peu brusque de Will lui arracha un petit cri de douleur.

– Excusez-moi, dit le jeune homme en souriant. Des mains de forgeron... Elles sont un peu rudes.

– Non ! le reprit Élisabeth. Enfin, je veux dire, si,

c'est vrai, ajouta-t-elle précipitamment. Mais... ne vous arrêtez pas, acheva-t-elle dans un souffle alors qu'il finissait de nouer le linge.

Leurs regards se croisèrent. Elle approcha son visage du sien.

– Élisabeth, souffla Will en posant sa main sur sa joue et en s'apprêtant à l'embrasser.

Elle retint sa main, puis lentement, elle la fit glisser sur sa poitrine. Will la contempla, interdit. Élisabeth souleva le médaillon qu'elle portait à son cou et le lui montra. Intrigué, Will considéra sans comprendre le bijou qui scintillait à la lueur dorée des chandelles.

– C'est à vous, lui dit-elle en arrachant la chaîne d'un geste sec et en le déposant dans sa main.

Le visage de Will s'éclaira.

– J'ai cru l'avoir perdu le jour où on m'a sauvé, dit-il. C'était un présent de mon père, continua-t-il en contemplant entre ses doigts le crâne ricanant. Il me l'avait envoyé.

Élisabeth l'écoutait sans répondre, refusant d'interrompre le flot de ses souvenirs.

– Pourquoi me l'avez-vous pris ? demanda soudain Will en relevant la tête, une expression peinée sur son visage.

– Parce que j'avais peur que vous soyez un pirate, répondit Élisabeth, gênée, les yeux embués de larmes. Cela aurait été épouvantable, vous comprenez, mon père ne vous aurait jamais...

– Il ne leur fallait pas votre sang, dit soudain Will qui venait de comprendre. Il leur fallait le sang de mon père. Mon sang ! (Il referma la main sur le médaillon et crispa le poing.) Le sang d'un pirate !

– Je m'en veux tellement, je vous en prie, pardonnez-moi, dit Élisabeth.

Sans répondre, Will posa violemment le médaillon sur la table. Désemparée, Élisabeth se leva et sortit. Resté seul, Will contempla pensivement le bijou maudit qui luisait sur la table.

À bord du *Black Pearl*, Jack faisait les cent pas dans la cabine en réfléchissant à la situation, tandis que le petit singe piaillait sur son perchoir. Le capitaine Barbossa, assis à sa table, fusillait du regard cet homme qu'il haïssait.

– Et tu espères que je vais rester là sur une plage, avec le seul nom de ce gamin et ta parole que c'est celui que je cherche. Tu te figures peut-être que je vais te regarder t'éloigner sur mon navire sans dire un mot ? ricana le pirate.

– Non, se récria Jack, théâtral, en continuant de tourner lentement et en faisant de grands gestes pour appuyer ses paroles. Je crois plutôt que je vais te laisser seul sur une plage, sans le moindre nom, que tu me verras m'éloigner sur mon bâtiment et que je te hurlerai le nom une fois au large, acheva-t-il en posant les deux mains sur la table et en plongeant son regard dans le sien. Ça te va ?

Barbossa le considéra d'un regard pensif.

– Mais ce sera le même problème, je me retrouverai sur une plage, avec un simple nom et ta parole d'honneur que c'est celui que je cherche, répondit le capitaine.

– Oui, mais de nous deux, fit Jack en se penchant pour choisir négligemment une pomme dans la coupe qui trônait au milieu de la table, il se trouve que je suis le seul à n'avoir pas commis de mutinerie. Par conséquent, ma parole vaut sûrement mieux que la tienne. Cela dit, continua-t-il en s'asseyant et en posant les pieds sur la table, je devrais sans doute te remercier, parce qu'en fait, si tu ne m'avais pas trahi et abandonné à la mort, je me serais retrouvé avec une part égale de cette malédiction. (Et il ponctua ses paroles en mordant à pleines dents dans la pomme.) La vie est bien faite, non ? interrogea-t-il avec un petit sourire narquois.

Barbossa fit une moue pincée en fixant la pomme avec envie. Jack la lui tendit pour le narguer. Au même moment, Bosun entra dans la cabine.

– Capitaine, nous arrivons en vue de l'*Intercepteur*, dit-il.

Le singe bondit d'un seul coup et fit sursauter Jack qui le suivit du regard avec une grimace dégoûtée.

Sa pomme toujours à la main, Jack suivit Barbossa qui montait sur le pont et alla se poster sur le bastingage pour évaluer la situation. Il craignait que cela ne tourne mal pour l'*Intercepteur* s'il devait affronter le *Black Pearl*. Il monta quatre à quatre les marches du gaillard d'avant où Barbossa avait déjà déplié sa longue-vue et la braquait sur sa proie.

– Ça m'a donné une bonne idée, Barbossa, dit Jack

en se plantant devant la longue-vue. Pourquoi on ne hisserait pas le drapeau blanc ? (Intéressé, Barbossa baissa sa longue-vue.) Je me précipite sur l'*Intercepteur*, continua Jack avec de grands gestes. Et je négocie le retour de ton médaillon, hein ? Qu'est-ce que tu dis de ça ?

– Tu n'as rien compris, Jack, dit Barbossa. C'est exactement cette attitude qui t'a coûté le *Black Pearl* ! C'est plus facile de fouiller les gens quand on les a tués ! conclut-il avec un regard flamboyant. Qu'on le mette aux fers à fond de cale ! ordonna-t-il en repliant sa longue-vue d'un geste sec.

Bosun posa une main impérieuse sur l'épaule de Jack, qui n'eut que le temps de poser sa pomme dans la main de Barbossa avant de se laisser entraîner sans ménagement. Barbossa regarda longuement le fruit, puis il le jeta rageusement à la mer et alla prendre la barre du vaisseau.

Sur le pont de l'*Intercepteur*, Gibbs vit que le *Black Pearl* gagnait inexorablement du terrain.

– Sortez toute la toile ! cria-t-il. Je veux toutes les voiles dehors ! Il faut tirer le maximum de profit de ce vent arrière.

Obéissant aux ordres, tout l'équipage se mit à grimper dans les cordages.

– Que se passe-t-il ? demanda Élisabeth en entendant le remue-ménage sur le pont.

– C'est le *Black Pearl* ! cria AnaMaria qui tenait le gouvernail. Il gagne sur nous !

Élisabeth courut au bastingage et aperçut le *Black Pearl* qui les talonnait.

–Mais nous avons le vaisseau le plus rapide des Caraïbes, dit-elle en rejoignant Gibbs sur le gaillard d'arrière.

–Va leur dire ça ! rétorqua AnaMaria.

–Notre ligne de flottaison est basse, reprit Élisabeth en s'approchant d'elle. Nous pourrions essayer de les semer sur les hauts-fonds !

Gibbs suivit son bras tendu et aperçut non loin une bande plus claire qui indiquait des eaux peu profondes. Son visage s'éclaira.

–Pas besoin d'aller bien loin, dit-il à AnaMaria. Du moment qu'on va assez loin !

–Allégez le navire ! cria AnaMaria tout en changeant le cap dans l'espoir de prendre de la vitesse et de distancer leur poursuivant. De la proue à la poupe.

–Tout ce qu'on peut balancer à l'eau, cria Gibbs, balancez-le !

Au fond de la cale du *Black Pearl*, tandis que Bosun ouvrait la porte d'une cage et y poussait Jack, celui-ci se disait que, décidément, il passait dernièrement beaucoup trop de temps à son goût derrière des barreaux de fer.

–J'ai l'impression qu'il y a une voie d'eau, se plaignit-il au colosse qui s'éloignait sans lui prêter la moindre attention.

Resté seul, il s'approcha de la paroi et découvrit en effet un petit trou dans les planches auquel il colla son œil. Il vit flotter sur la mer caisses et tonneaux. L'équipage de l'*Intercepteur* était en train de balancer par-dessus bord tout ce qu'il pouvait trouver, jusqu'aux boulets. Sur le pont du *Black Pearl*, Barbossa donnait ses ordres tandis que son petit singe piaillait.

– Hissez les voiles et sortez les canons ! cria-t-il à l'équipage. Qu'on donne de la toile ! En route ! Sors les avirons, l'ami, ajouta-t-il pour Bosun qui venait de le rejoindre.

Les sabords du *Black Pearl* se soulevèrent et laissèrent pointer la gueule menaçante des canons, pendant que le pavillon noir était hissé au grand mât.

Will remontait sur le pont alors que l'équipage continuait de délester le navire de tout ce qu'il pouvait trouver. Il se hissa sur le plat-bord et vit de petits clapets se lever sur les flancs du *Black Pearl* et de grosses rames en sortir. Les pirates ramaient en cadence et le navire allait de plus en plus vite.

– On aura besoin de ça ! dit-il en posant le pied sur un canon qu'un des marins s'apprêtait à pousser à la mer.

Les deux navires n'étaient plus qu'à quelques encablures l'un de l'autre. Élisabeth étouffa un cri en voyant leurs poursuivants les rattraper inexorablement.

– C'était un bon plan, lui dit AnaMaria d'un ton méprisant. Jusqu'à maintenant !

– Gibbs ! cria Will en accourant. Il faut qu'on se défende. Il faut qu'on se batte ! Chargez les canons !

– Avec quoi ? demanda AnaMaria.

– N'importe quoi ! Ce que vous voudrez ! Tout ce que nous n'avons pas jeté par-dessus bord !

Gibbs le regarda d'un air désespéré, puis il s'ébranla et se tourna vers l'équipage.

– Chargez les canons ! cria-t-il. Et s'il n'y a plus de boulets, mettez-y des clous et des herminettes ! Dépêchez-vous.

Will et Élisabeth échangèrent un regard complice.

– Oulala, piailla le perroquet de Cotton.

Dans la cale, les hommes étaient déjà en train de bourrer les canons jusqu'à la gueule avec tout ce qu'ils pouvaient trouver : clous, argenterie, et jusqu'à des débris de verre ! Au passage, l'un d'eux arracha sa précieuse gourde à Gibbs qui avait eu l'imprudence de la sortir, et la fourra dans un canon.

Barbossa savait que l'*Intercepteur* ne pourrait les atteindre que si le *Black Pearl* se présentait de flanc. Aussi resta-t-il derrière.

– Le *Pearl* va lofer sur bâbord ! cria Gibbs. Il va nous balayer sans qu'on puisse l'atteindre.

Élisabeth, voyant le problème, eut soudain une idée.

– Jetez l'ancre du côté droit ! cria-t-elle à AnaMaria. À tribord ! C'est clair ?

– Ce serait un élément de surprise, intervint Will.

– Vous êtes folle, ma belle ! répliqua AnaMaria. Et tu es fou aussi, dit-elle à Gibbs.

Mais Gibbs avait compris.

– Aussi fou que Jack ! Jetez l'ancre à tribord, les

gars ! cria-t-il à l'équipage. Exécution ! ajouta-t-il en voyant que personne ne réagissait, sinon, c'est vous qu'on charge dans les canons !

L'ancre éclaboussa l'eau, toucha le fond et se prit dans un récif. La chaîne se tendit et, tandis que tout le monde se cramponnait et que tout se renversait, l'*Intercepteur* vira brutalement de bord, pour se positionner parallèlement au *Black Pearl*. Sur le pont du vaisseau pirate, Barbossa observait la manœuvre, intrigué, tout en caressant son petit singe.

– Lâchez tout ! ordonna Élisabeth.

AnaMaria lâcha le gouvernail qui se mit à tourner.

– Ils virent de bord ! cria Barbossa, comprenant le stratagème. Barre à bâbord ! Rentrez les avirons à tribord !

– Barre à bâbord ! Avirons à tribord ! relaya Bosun tandis que deux hommes se cramponnaient au gouvernail pour virer.

Dans la cale, Jack fut projeté contre la paroi par la brusque secousse. Il courut coller l'œil à l'ouverture : les deux navires étaient maintenant bord contre bord et chacun se préparait à l'assaut.

– Gardez le cap ! lança Will à Gibbs.

En face, les pirates enragés poussaient des cris en passant la tête par les sabords au-dessus des canons et brandissaient le poing d'un air menaçant. Les deux équipages se défièrent.

– Maintenant ! cria Will.

– Feu à volonté ! commanda Élisabeth.

Barbossa leva son coutelas et donna le même

ordre. Les deux vaisseaux ouvrirent le feu. Un instant plus tard, la bataille faisait rage et les deux navires étaient criblés de projectiles et noyés dans un nuage de fumée, tandis que crépitaient des coups de feu de toutes parts.

Dans l'entrepont du *Black Pearl*, Pintel vit une cuiller se ficher dans un poteau au-dessus de sa tête. Puis il aperçut Ragetti avec une fourchette plantée dans son œil de bois ! Celui-ci tira sur la fourchette et s'arracha l'œil. Ils échangèrent un regard et secouèrent la tête.

Au-dessous, la porte de la cale fut brisée par une charge.

– Arrêtez de percer des trous dans mon bâtiment ! s'indigna Jack en sortant.

Il trouva alors dans l'eau la gourde de Gibbs, la déboucha et voulut avaler une rasade. Comme toujours, la chance était avec lui : elle était vide. Il allait la jeter quand il vit que la porte de sa cellule avait elle aussi été fracassée.

– Il serait temps de trouver une autre idée, ma fille ! cria Gibbs à Élisabeth.

– À votre tour, répondit-elle en armant son mousquet.

– Qu'est-ce qu'on pourrait trouver à offrir à l'enfer ?

– Pourquoi pas elle ? suggéra AnaMaria en braquant son pistolet sur la tempe d'Élisabeth.

– Ce n'est pas elle qu'ils veulent, intervint Will.

– Le médaillon ! s'écria Élisabeth en baissant les yeux sur son corsage et en s'apercevant qu'elle ne l'avait plus. Je l'ai perdu !

Sans plus attendre, Will courut vers le pont inférieur. En bas, tout était inondé et les meubles renversés.

Sur le *Black Pearl*, Pintel et Ragetti en étaient à charger les canons avec des boulets de forçats.

– Amenez vos couleurs, bande de vermines, vous n'avez aucune chance ! cria Barbossa à l'*Intercepteur*, tandis que son singe terrifié par le vacarme se cramponnait à son épaule. Messieurs ! Tous à vos grappins ! Préparez-vous pour l'abordage !

Au même instant, un boulet secoua l'*Intercepteur*. Sous le choc, Will fut projeté contre la paroi de la cabine et des hommes furent délogés de leurs perchoirs dans les cordages. Médusés, les pirates virent le grand mât de l'*Intercepteur* venir s'abattre sur le pont du *Black Pearl* juste à côté de Barbossa. Celui-ci ne broncha pas.

Dans la cabine, Will se releva péniblement. Une voie d'eau s'était ouverte et il se retrouvait sous un déluge.

– Pistolets et sabres d'abordage ! brailla Barbossa. Vous deux ! À la réserve de poudre ! Et surtout, apportez-moi le médaillon, s'étrangla-t-il, rouge de fureur.

– À l'aide ! À l'aide ! criait Will, prisonnier des décombres de la cabine.

Pendant ce temps, les pirates continuaient de déferler sur le pont de l'*Intercepteur* et les deux adversaires échangeaient toujours coups de feu et de canon. Les deux hommes envoyés par Barbossa sautèrent au fond de la cale et commencèrent à vider des barillets de poudre en ricanant.

Sur le *Black Pearl*, Jack venait d'émerger sur le pont alors que la bataille faisait rage. Le singe fila sur le mât abattu, suivi d'une horde de pirates qui s'élançaient suspendus à des cordages.

L'un d'eux manqua son coup. Jack attrapa la corde alors qu'il s'écrasait dans la mer.

– Je te remercie, l'ami, dit-il très courtoisement.

C'est alors que Jack vit Gibbs pris entre deux feux. Il s'élança et terrassa le premier attaquant, puis le second.

– Jack, tu es en vie ! cria Gibbs à son vieil ami tandis que celui-ci se laissait tomber sur le pont.

– Complètement à sec, répondit Jack en lui tendant sa gourde.

18

Sous le pont de l'*Intercepteur*, Will tentait toujours de dégager la porte bloquée par une poutre brisée par un coup de canon. L'eau montait rapidement et la situation devenait dramatique. Il poussait de toutes ses forces quand un piaillement lui fit tourner la tête. C'était le singe maudit qui, médaillon à la main, s'échappait par un trou de la cloison.

Sur le pont, Élisabeth en était réduite à assommer ses adversaires avec un morceau de bois. Soudain, elle se trouva face à un homme qui brandissait un sabre et crut sa dernière heure venue. L'homme allait abattre sa lame quand une main lui saisit le poignet de justesse. C'était Jack.

–Ça, ce n'est pas très galant, dit-il au pirate interloqué.

Élisabeth profita de la surprise de l'homme pour lui assener un coup de son arme improvisée qui l'envoya valser par-dessus bord dans la mer déjà rougie par le sang des cadavres. Jack attira Élisabeth à l'abri et s'accroupit avec elle.

–Où est le médaillon ? demanda-t-il.

–Misérable ! répondit-elle en voulant lui donner une gifle qu'il esquiva prestement.

–Ah, fit Jack en regardant pensivement la main bandée. Où est ce cher William ?

–Will, murmura Élisabeth en se dégageant et en se précipitant vers la soute. Will ! cria-t-elle en se penchant sur la grille.

–Élisabeth ! répondit William, suspendu à une poutre pour pouvoir respirer.

Élisabeth tenta de soulever la grille, mais elle était trop lourde.

–Je ne peux pas ! C'est coincé ! cria-t-elle.

Au même instant, deux hommes s'emparèrent d'elle.

–Toi, viens par là !

–Élisabeth ! cria Will, impuissant.

Tandis que les deux hommes entraînaient la jeune fille sur le pont, le singe passa en courant entre les jambes de Jack, qui vit qu'il tenait le médaillon.

–Le macaque ! s'écria-t-il en s'élançant à sa poursuite sur le mât brisé reliant les deux navires. Il allait lui arracher le médaillon quand une main s'en empara avant lui.

–Merci du fond du cœur, Jack, dit Barbossa avec un déplaisant sourire.

–Mais de rien, répondit Jack, pincé.

– Pas toi, dit Barbossa. C'est le singe qu'on a appelé Jack !

Tout était apparemment perdu. Les pirates de Barbossa s'étaient emparés de l'*Intercepteur*, qui sombrait rapidement. Barbossa brandit le médaillon.

– Messieurs, nous renouons avec l'espérance ! Le trophée est à nous ! cria-t-il à ses hommes qui poussèrent des vivats.

L'eau atteignait presque le haut de la cabine. Will inspira une bonne goulée d'air et plongea.

De l'autre côté, dans la soute, les deux pirates mettaient en ricanant le feu à la traînée de poudre qu'ils avaient répandue jusqu'à la réserve.

Depuis le pont du *Black Pearl* qui s'éloignait, Barbossa contemplait avec satisfaction l'*Intercepteur* démâté, tout en caressant le médaillon qu'il serrait entre ses doigts crasseux. Pintel et Ragetti avaient amené sans ménagement l'équipage de Jack à bord du *Black Pearl* et les avait attachés au grand mât.

– Le premier d'entre vous qui ose penser au mot « pourparler », dit Pintel en pointant son pistolet sur eux, je me fais des jarretelles avec ses tripes !

Soudain une énorme explosion retentit sur l'*Intercepteur*, projetant des débris sur le pont du *Black Pearl* et surprenant tout le monde. Élisabeth profita de cette diversion pour se libérer et courut au bastingage.

– Will ! murmura-t-elle, désemparée. Sale pirate ! cria-t-elle en se précipitant sur Barbossa et en le noyant sous un déluge de gifles.

–Heureux de vous revoir, mademoiselle ! grimaça le pirate en lui saisissant les poignets. Vous avez abusé de notre hospitalité la nuit dernière, il est bien normal que vous nous rendiez la pareille, grinça-t-il avant de la jeter à ses hommes.

Une dizaine de pirates ricanants s'emparèrent d'Élisabeth qui se débattit en poussant des cris.

Au même instant, sur le bastingage, trempé, se dressa Will, sain et sauf.

–Barbossa ! s'écria-t-il.

–Will ! fit Élisabeth, le visage illuminé de joie.

Will sauta sur le pont et s'empara d'un pistolet posé sur un tonneau.

–Vous allez la libérer, exigea-t-il en le braquant sur Barbossa.

–Mais qu'as-tu donc en tête, petit ? répondit Barbossa en s'avançant vers lui sans s'émouvoir.

–Je vous dis de la libérer, répéta Will.

–Oui, mais tu n'as qu'une seule balle, continua Barbossa en collant presque son nez sur le canon... Tu sembles oublier que nous ne pouvons pas mourir, triompha-t-il.

–Je t'en prie, ne fais pas de bêtises, le supplia Jack en joignant les mains.

Will resta un instant sans répondre, puis il courut se percher de nouveau sur le bastingage.

–Vous ne pouvez pas. Moi si, dit-il en pointant le canon de son arme sous son menton.

–Non ! s'écria Élisabeth en cherchant à se dégager.

Un murmure de surprise parcourut les pirates.

–... De bêtise dans ce genre-là, fit Jack en prenant un air dépité.

– Qui es-tu donc ? demanda Barbossa, interloqué.

– Personne, c'est personne, intervint Jack d'un air dégagé. Un lointain cousin germain, neveu d'une tante au deuxième degré. Comme chanteur, il est divin, il faut l'entendre. Un eunuque, ajouta-t-il sur le ton de la confidence.

– Je m'appelle Will Turner, annonça Will. Mon père était Bill Turner le Bottier. Son sang coule dans mes veines !

Tous les pirates le considérèrent avec surprise. Seul Jack secoua la tête, consterné.

– C'est le portrait craché de ce vieux bottier de Bill ! Il est revenu nous hanter ! dit Ragetti.

– Et vous avez ma parole, dit Will en armant le pistolet. Faites ce que je vous dis, sinon, j'appuie sur la détente et je vais le rejoindre au fond de la mer !

– Quelles sont vos revendications, monsieur Turner ? demanda Barbossa d'un ton las, sachant que si Will mettait sa menace à exécution, ils seraient maudits pour l'éternité.

– Libérez Élisabeth ! répondit Will.

– Oui, celle-là, nous la connaissons. Y a-t-il autre chose ?

Will n'avait pas réfléchi à ce point. Jack lui fit un signe éloquent.

– Et l'équipage, ajouta Will. Qu'on ne leur fasse aucun mal ! Acceptez ! exigea-t-il en se penchant au-dessus des vagues.

Jack insista en le fixant droit dans les yeux. Barbossa réfléchissait.

– C'est d'accord, dit-il en s'approchant avec un sourire qui découvrit ses dents gâtées. Vous avez ma parole de bandit gentleman.

– On ne peut pas s'y fier ! cria Élisabeth.

– Fiez-vous à ça, en tout cas, siffla Barbossa entre ses dents. Si vous appuyez sur la détente, la fille sera la première à souffrir... et la dernière à mourir !

Will baissa lentement son arme. Les pirates se précipitèrent sur lui.

Un peu plus tard, alors que le *Black Pearl* croisait à petite distance d'un minuscule îlot où ne poussaient que des palmiers, Élisabeth était sur la fameuse et funeste planche des pirates, poussée par les épées d'une horde sanguinaire.

– Vous m'avez menti, sale pirate ! s'écria Will en tentant de se dégager. Vous aviez promis de la libérer.

– Comment oses-tu offenser mon honneur, petit ? s'indigna Barbossa en le toisant d'un air majestueux. J'ai accepté de la libérer, mais toi tu as oublié de spécifier comment, où et quand ! ricana-t-il.

Consterné, Jack vit les pirates bâillonner Will et l'entraîner.

– Pourtant, quel dommage de perdre pareille merveille, pas vrai, mes enfants ? ironisa Barbossa en désignant Élisabeth. Alors je vais récupérer cette robe avant que vous ne nous quittiez, ricana-t-il.

Indignée, Élisabeth le fusilla du regard et entreprit de déboutonner sa robe.

– Je t'ai toujours eu à la bonne, tenta Jack avec l'un des deux pirates qui le tenaient fermement.

Pour toute réponse, l'homme se contenta de grogner d'un air mauvais. Jack fit une moue déçue. Élisabeth avait achevé de défaire sa robe et la jeta rageusement à Barbossa sous les rires et les huées des pirates.

– Aussi sombre que votre cœur ! lança-t-elle, méprisante.

– Elle est encore chaude, camarades, ricana Barbossa en caressant l'étoffe d'un air égrillard avant de la lancer parmi ses hommes. Allez, saute ! cria-t-il à la jeune fille qui s'avançait vers son destin, vêtue de son seul corset et d'un long jupon.

Le singe joignit ses piaillements au chœur des quolibets.

– Avance ! brailla Pintel en agitant son sabre.

Élisabeth se retourna pour jeter un dernier regard à Will, qui la dévisageait, impuissant.

– C'est trop long, protesta Bosun en donnant un coup de pied à la cale qui retenait la planche.

Déséquilibrée, Élisabeth vacilla, puis elle tomba dans le vide sous les cris de triomphe de l'équipage impitoyable. Will ferma les yeux, anéanti, tandis que Jack se joignait aux rires des pirates. Mais sa joie fut de courte durée, car ses gardiens le poussèrent rudement vers Barbossa. Jack fit une grimace, craignant le pire. Il avait raison : menotté, il était le prochain à devoir s'avancer sur la planche.

– J'espérais vraiment qu'on avait dépassé tout ça, dit-il à Barbossa avec un petit sourire enjôleur.

–Jack… Jack, fit le capitaine en posant sur son épaule un bras paternel. N'as-tu rien remarqué ? dit-il en désignant du menton la langue de sable hérissée de palmiers. C'est le misérable îlot dont nous t'avons fait gouverneur lors de notre dernier voyage.

Jack y jeta un coup d'œil et se retourna.

–J'avais remarqué, fit-il observer sentencieusement en roulant des yeux.

–Tu vas peut-être mettre au point une autre évasion miraculeuse et inespérée ? continua Barbossa, moqueur, tout en faisant mine de le serrer tendrement contre lui. Mais j'en doute, conclut-il en le repoussant et en dégainant son sabre, rejoint par ses hommes. En avant toute !

–L'autre fois, tu m'as laissé un pistolet avec une balle, objecta Jack d'un ton de reproche contrit, avant de franchir le dernier pas qui allait lui faire rejoindre les requins

–Par ma barbe, mais c'est vrai ! s'exclama Barbossa en rengainant son sabre. Où est le pistolet de ce vieux Jack ? Apportez-le moi !

Un homme vint apporter le ceinturon avec l'épée et l'arme.

–Et, vu que nous sommes deux, ajouta Jack en se retournant sur la planche face aux épées tendues, un gentilhomme nous laisserait une paire de pistolets.

–Je t'offre un seul pistolet comme avant. À toi de prouver que tu es un gentilhomme en tuant la donzelle, répliqua Barbossa avec un clin d'œil, avant de te laisser mourir de faim !

Et sur ces mots, il jeta à la mer le ceinturon et les pirates éclatèrent de rire. Jack le regarda sombrer en roulant de grands yeux horrifiés, puis sans plus attendre, il plongea. Il nagea péniblement jusqu'aux rochers dans l'eau peu profonde et récupéra son bien le plus précieux.

19

Élisabeth avait nagé jusqu'à l'îlot et remontait haletante sur le rivage, quand elle fut rejointe par Jack, essoufflé, ses armes à la main. Ils se retournèrent et contemplèrent la mer. Le *Black Pearl* s'éloignait rapidement, toutes voiles dehors.

– C'est la deuxième fois que je vois ce pourri mettre les voiles avec mon bâtiment ! cracha-t-il, indigné.

Jack s'assit et entreprit de nettoyer méticuleusement son pistolet. Pendant ce temps, Élisabeth troussa son jupon et partit le long du rivage explorer l'île. Il ne lui fallut guère de temps pour s'apercevoir qu'elle était revenue sur ses propres traces. Décidément, c'était vraiment un très petit îlot !

– Elle n'est pas bien grande, hein ? fit Jack qui continuait de nettoyer son arme.

– Si vous avez l'intention de me tuer, dit Élisabeth, soyez assez aimable de le faire sans tarder.

–Y a-t-il un problème, mademoiselle Swann? demanda Jack en posant son arme sur son genou.

–Vous étiez prêt à dire toute la vérité sur Will à Barbossa en échange d'un bateau, l'accusa-t-elle.

–Un bateau nous serait bien utile, répondit Jack sans se démonter. Le fait est que je n'allais pas parler de votre fichu Will à Barbossa. Car tant qu'il n'était pas au courant, j'avais de quoi marchander –ce qui n'est plus le cas. Et tout cela grâce à votre fichu imbécile de Will.

–Ah, fit Élisabeth, prise de court.

–Oui, « ah », répéta Jack, moqueur.

–Il a tout de même risqué sa vie pour nous sauver! contra-t-elle.

Jack éclata de rire, tourna les talons et s'en alla à grandes enjambées.

–Il faut qu'on essaie de le sauver! cria Élisabeth en courant après lui.

–Allez-y, répondit Jack en lui faisant signe de décamper. Vous me raconterez.

Et sur ces mots, il s'enfonça à grands pas décidés à l'intérieur de l'île, suivi d'Élisabeth qui peinait à le rattraper.

–Mais vous avez déjà été abandonné sur cette île, non? Nous pourrions nous échapper par les mêmes moyens! s'écria-t-elle.

Jack fit volte-face, le regard flamboyant.

–À quoi bon? Et pour quoi faire, jeune fille? répondit-il, agacé. Le *Black Pearl* est loin. Et... à moins d'avoir un gouvernail et des voiles sous votre jupon –ce qui m'étonnerait, précisa-t-il d'un air pénétré –le jeune monsieur Turner sera mort bien avant que vous ne le retrouviez.

Et sur ce, il tourna les talons et reprit sa marche, avisa un arbre et en cogna délicatement le tronc en approchant son oreille de l'écorce.

– Mais vous êtes le capitaine Jack Sparrow ! insista Élisabeth en le rejoignant. (Sans l'écouter, Jack se colla à l'arbre, puis s'en éloigna en faisant de grandes enjambées qu'il compta soigneusement.) Vous avez disparu sous les yeux de sept agents de la Compagnie des Indes, autrefois ! (Jack se mit à sautiller sur place dans le sable et les herbes sèches sans se soucier d'elle.) Vous avez mis à sac le port de Nassau sans tirer un seul coup de feu. (Excédée, Élisabeth se planta devant lui.) Oui ou non, êtes-vous ce pirate dont parlent les livres ? (Jack ne répondit pas. Élisabeth le regarda droit dans les yeux.) Comment vous êtes-vous échappé l'autre fois ?

– L'autre fois, commença Jack après une hésitation, je ne suis resté que trois jours sur cette petite île, ça vous va ? L'autre fois, reprit-il en se baissant et en soulevant un caillebotis dissimulé sous le sable, les trafiquants qui cachaient leur rhum sur cette plage sont arrivés, dit-il en découvrant quelques marches qu'il commença aussitôt à descendre. J'ai marchandé mon billet de sortie. Hum... On dirait bien qu'il y a longtemps qu'ils ont fermé boutique, marmonna-t-il en remuant des bouteilles sous le regard médusé d'Élisabeth. Et ça, conclut-il en brandissant deux flacons de rhum trouble et en se hissant dehors, c'est sûrement grâce à vous et à votre fichu commodore Norrington.

– Il n'y a rien d'autre à dire, hein ? s'emporta Élisabeth. Voilà donc le secret de la grande aventure du célèbre Jack Sparrow ! ironisa-t-elle, amère. (Jack la regarda sans rien dire.) Vous avez passé trois jours allongé sur une plage à boire du rhum, grinça-t-elle.

Jack fronça les sourcils et sembla réfléchir, puis il agita les deux flacons de rhum et lui fit un grand sourire.

– Bienvenue aux Caraïbes, mon ange ! s'exclama-t-il triomphalement avant de la planter là.

– Alors, insista-t-elle en le rejoignant. Les autres histoires sont-elles vraies, au moins ?

– Vraies ?

En guise d'explication, Jack retroussa sa manche et lui montra son avant-bras tatoué et flétri de la marque infâmante du P. Puis il retroussa l'autre et découvrit son bras couturé de cicatrices.

Élisabeth recula, impressionnée. Sans un mot, Jack ouvrit sa chemise et elle vit deux cicatrices de balles sur sa poitrine.

– Vous voyez bien ? ironisa-t-il en s'asseyant lourdement sur la plage. Rien n'est vrai. Nous avons un mois, peut-être plus. Gardez un œil à l'horizon et nous aurons des chances, conclut-il en buvant une rasade de rhum.

– Et Will ? Nous devons faire quelque chose, plaida la jeune fille.

– Vous avez absolument raison, dit Jack en rebouchant sa bouteille et en la faisant rouler vers elle.

Bonne chance à toi, Will Turner ! conclut-il en débouchant l'autre flacon.

Résignée, Élisabeth déboucha la sienne et vint s'asseoir à côté de Jack et fredonna avec résignation.

Trinquons, mes jolis, yo ho...

– Qu'avez-vous dit, Élisabeth ?

– Mademoiselle Swann, je vous prie. (Jack fit une grimace moqueuse devant la dérisoire remarque de la jeune fille. Comprenant le ridicule de la situation, elle se reprit :) Rien. C'est une chanson que j'ai apprise quand j'étais petite, quand mon rêve était de rencontrer un pirate, sourit-elle.

– Allez-y, chantez-la, l'encouragea Jack.

– Non.

– Allons, enfin, on a tout le temps !

– Non ! Il faudrait que je boive bien plus que cela.

– Vraiment beaucoup plus ? demanda Jack.

Un peu plus tard, la nuit était tombée, et Jack avait allumé un feu sur la grève. Après quelques gorgées de rhum, l'un et l'autre étaient de fort belle humeur et dansaient autour des flammes qui pétillaient dans le ciel nocturne. Élisabeth et Jack beuglaient à qui mieux mieux en agitant leurs bouteilles.

On kidnappe, on détruit sans s'poser d'questions
Trinquons, mes jolis, yo ho...

Nous sommes les pirates, les forbans
Trinquons, mes jolis, yo ho...

Yo ho, yo ho, la vie d'pirate pour moi,

Yo ho, yo ho, la vie d'pirate pour moi...

On rançonne, on ravage, on pille, on vole
Trinquons, mes jolis, yo ho...

– J'adore cette chanson ! s'exclama Jack en prenant Élisabeth par le bras et en faisant virevolter la jeune femme qui, très gaie, riait aux éclats. Canailles ! Brigands ! s'écria-t-il d'une voix avinée, le regard trouble. Oups ! hoqueta-t-il.

Il n'acheva pas et se laissa tomber dans le sable tandis qu'Élisabeth riait toujours. Jack se releva.

– Quand je récupérerai le *Pearl*, je l'apprendrai à tout l'équipage, dit-il d'une voix de plus en plus pâteuse. Et on la chantera tout le temps ! s'enthousiasma-t-il.

– Et vous serez enfin le pirate le plus impitoyable de tout l'empire d'Espagne, renchérit Élisabeth.

– Euh... Seulement l'empire d'Espagne ? gargouilla Jack en roulant des yeux, vexé et surpris. Je serai le roi de l'océan, grasseya-t-il en se reprenant. Le roi... du monde ! s'anima-t-il en tendant le bras vaguement vers nulle part. On ira partout où on aura envie d'aller, continua-t-il en allant s'asseoir avec Élisabeth. Un bateau, c'est ça, vous savez, expliqua-t-il doctement. Ce n'est pas qu'une quille, une coque, un pont et des voiles, ça ils l'ont tous. Mais un vrai navire, prononça-t-il d'un ton pénétré, comme le *Black Pearl*, en réalité, c'est la liberté, conclut-il avec un geste théâtral d'ivrogne.

–Du rhum ! fit Élisabeth en brandissant son flacon et en se blottissant contre lui, l'air tout aussi éméchée que Jack. Ce doit être épouvantable pour vous d'être prisonnier sur cette île.

Jack roula des yeux effarés, puis il se ressaisit.

–Oh... oui ! dit-il en posant délicatement doigt après doigt sa main baguée sur l'épaule de la jeune fille. Mais la compagnie est infiniment meilleure que la dernière fois et... (Surprise, Élisabeth tourna la tête et vit cette main qui se cramponnait à elle.) la vue absolument imprenable.

–Monsieur Sparrow ! s'écria-t-elle, indignée en brandissant sa bouteille. Je n'ai pas l'impression d'avoir encore bu assez de rhum pour tolérer un tel discours !

–Je vois où voulez en venir, ma colombe, répondit Jack en plissant les paupières, un index levé.

Il lissa ses moustaches en croc et lui fit une œillade incendiaire.

–À la liberté ! s'écria Élisabeth en levant sa bouteille.

–Et au *Black Pearl* ! renchérit Jack en trinquant avec son flacon avant de le vider d'un trait et de s'écrouler ivre mort sous le regard réprobateur d'Élisabeth, qui avait astucieusement fait semblant de boire et de se griser pendant toute la soirée.

Jack se réveilla le lendemain matin avec une terrible migraine. Il se rassit lentement en fredonnant des bribes de la chanson de la veille et se frotta le crâne. Brusquement, il sentit de la fumée. Il jeta un regard autour de lui. Toute l'île était en feu et Élisabeth s'occupait de verser du rhum dans les flammes.

– Non ! Il ne faut pas ! Arrêtez ! Mais qu'est-ce que vous faites ! cria-t-il en sautant sur ses pieds. Vous avez brûlé nos provisions, l'ombrage, le rhum ! Pourquoi ?

– Oui, répondit Élisabeth sans le regarder. Plus de rhum !

– Pourquoi on n'a plus de rhum ? se désola Jack en écartant les bras, désemparé.

– D'abord, parce que c'est une boisson indigne qui fait de l'homme le plus respectable un fripon de la pire espèce, rétorqua Élisabeth avec un regard accusateur. Ensuite, cette fumée noire monte à plus de trois cents mètres... On peut le voir à deux cents lieues à la ronde. Et je sais que toute la Marine Royale me cherche en ce moment... Croyez-vous qu'il y ait réellement le moindre risque qu'elle leur échappe ? aboya-t-elle.

– Mais pourquoi on n'a plus de rhum ? insista Jack, au bord du désespoir.

– Attendez, capitaine Sparrow, dit Élisabeth en s'asseyant posément sur le sable. Accordez-moi une heure, ou même deux, et vous verrez apparaître des voiles blanches à l'horizon.

Jack, qui était maintenant fou de rage, tira son pistolet de son ceinturon et serra le poing. Puis il le rengaina et partit en courant.

Arrivé en haut d'une dune, il contempla la mer un moment en secouant la tête.

– Jack, ça a dû être épouvantable d'être prisonnier ici, minauda-t-il en maugréant. Eh bien ça l'est, en tout cas, maintenant, trépigna-t-il en direction de la pointe d'où s'élevait une épaisse fumée.

Soudain, il s'arrêta en apercevant un navire mouillé à quelque distance du rivage et une chaloupe qui approchait. «Impossible!» se dit-il. Et pourtant, c'était bien l'*Intrépide* qui mettait le cap sur l'île. On avait aperçu leur signal de détresse et on venait sauver Élisabeth.

–Après ça, elle va être invivable, maugréa-t-il.

20

Une fois de plus, Jack se retrouvait sur le pont de l'*Intrépide*, et de nouveau, Norrington s'apprêtait à l'envoyer à fond de cale. Pendant ce temps, Élisabeth se chamaillait avec son père.

– Mais il faut sauver Will ! s'indignait-elle.

– Non, répondit-il en tentant de l'apaiser. Tu es en sécurité, maintenant. Nous allons retourner à Port Royal immédiatement. Pas courir après une bande de pirates.

– Cela revient à le condamner à mort ! cria Élisabeth en le poursuivant sur le pont.

– J'avoue que son sort est très regrettable, répondit son père. Tout comme l'était sa décision de s'enrôler dans la piraterie.

Élisabeth le dévisagea et refusa d'en croire ses oreilles. Comment ? Cet homme d'ordinaire si bon et si attentionné, ce gouverneur qui se montrait si dur et se drapait dignement dans son élégant habit de brocar vert pâle, c'était donc son père ?

– Afin de me sauver, d'empêcher que ces fripouilles me fassent du mal, plaida-t-elle, partagée entre les larmes et la colère.

– Si je puis me permettre de glisser un simple avis professionnel..., fit Jack en s'avançant vers le gouverneur et Norrington, qui leva les yeux au ciel. Le *Black Pearl* donnait de la gîte jusqu'au dalot après la bataille ; je serais très étonné qu'il puisse maintenir l'allure, confia-t-il d'un air entendu. (Norrington le regarda d'un air las.) Et réfléchissez, continua Jack. Le *Black Pearl*, la dernière véritable menace pirate des Caraïbes, mon bon ami, sourit-il. Comment laisser passer une chance pareille ? dit-il en baissant la voix et en lui faisant un clin d'œil complice.

– En n'oubliant pas que je suis au service des autres, monsieur Sparrow, et pas uniquement au mien, répondit Norrington qui n'avait pas l'intention de se laisser fléchir aussi facilement par les simagrées de Jack, qu'il n'avait que trop vues.

Sur ces mots, il tourna les talons. Élisabeth vit bien que le commodore Norrington n'était pas plus convaincu que son père et se lança derrière lui.

– Commodore, je vous supplie de le faire ! Pour moi ! En cadeau de mariage, ajouta-t-elle en désespoir de cause.

Norrington s'arrêta à mi-marche et se retourna, stupéfait.

– Oh, Élisabeth ! s'étonna son père avec un sourire

ravi. Tu acceptes donc la demande du commodore ?

–Je l'accepte, répondit la jeune fille en fixant Norrington au fond des yeux.

–Un mariage ! s'enthousiasma Jack en se précipitant sur l'un des soldats comme s'il allait l'embrasser. J'adore les mariages ! Tournée générale ! s'écria-t-il, alors qu'Élisabeth se sentait près de défaillir en entrevoyant la conséquence de sa promesse.

Norrington le fusilla du regard.

–Je sais, fit Jack en tendant ses mains aux menottes d'un air penaud. Qu'on le mette aux fers, c'est ça ?

–Monsieur Sparrow, commença Norrington en descendant majestueusement les marches, les mains derrière le dos comme à son habitude. Vous allez accompagner ces braves gens à la barre et leur fournir les coordonnées de l'île de la Muerta. (Élisabeth le fixa, certaine de connaître la suite. Cet homme était décidément si prévisible.) Et vous passerez le reste du voyage à appliquer au pied de la lettre l'expression « muet comme une tombe ». (Jack fit un petit sourire obséquieux.) J'espère me faire bien comprendre, termina sèchement le commodore.

–C'est extrêmement… clair, répliqua insolemment Jack.

Son sourire disparut aussitôt quand les deux gardes le saisirent sous les bras pour l'entraîner *manu militari* vers le poste du gouvernail.

–Commodore, je doute de la sagesse de cet acte, intervint le gouverneur.

–Avec tout le respect qui vous est dû, le coupa

Norrington, monsieur Turner est un sujet de la couronne britannique, et donc, il est sous ma protection.

–Bien entendu, convint le gouverneur.

Il jeta un regard gêné à Élisabeth.

–Prenez soin d'elle, ajouta-t-il avant de s'éclipser.

–Élisabeth ? dit Norrington en lui tendant son bras.

Après une hésitation, Élisabeth vint le prendre et Norrington l'entraîna un peu plus loin sur le pont d'un pas pensif.

–Je crains que votre réponse n'ait été... (Il contempla l'horizon, cherchant ses mots.) véritablement sincère.

–Je n'accorde pas ma parole avec légèreté, répondit-elle.

–Je comprends. Cependant, où est le mal à vouloir une réponse inconditionnelle ? insista-t-il.

Élisabeth eut un petit rire peiné.

–Ce n'est pas une condition, répondit-elle. C'est une requête. Votre réponse ne changera pas la mienne. (Norrington la regarda, surpris.) Vous êtes un homme de bien, James, sourit-elle.

–Eh bien... commença le commodore, rassuré, en lui rendant son sourire. Très bien. Parfait.

Ils échangèrent un regard gêné.

Au même instant, à bord du *Black Pearl*, Pintel et Ragetti étaient en train de laver le plancher de la cale sous les yeux de l'équipage de Jack, entassé dans une cellule.

–Mille sabords ! caqueta le perroquet.

–Cotton dit que tu n'as pas terminé, ricana Gibbs.

Pour toute réponse, Pintel le menaça de sa serpillère qui dégoulinait d'une eau brunâtre.

–Vous connaissiez William Turner ? demanda Will, qui était enfermé dans une autre cellule.

Pintel soupira et fixa sur lui son regard de brute.

–Ce vieux Bill le Bottier ? Ouais, évidemment que je le connaissais. Il n'arrivait pas à digérer ce qu'on avait fait à Jack Sparrow, la mutinerie et tout ça. Il disait que c'était contraire à ce fichu code, cracha-t-il, méprisant, à Will qui restait suspendu à ses lèvres. C'est pour ça qu'il t'a envoyé l'une des pièces du trésor, figure-toi. Il disait qu'on avait mérité d'être maudits... Et qu'on avait mérité de le rester.

–Un vrai malfaisant, intervint Ragetti.

–Un homme bien, coupa Gibbs accroché à ses barreaux.

–Et comme tu peux l'imaginer, continua Pintel adossé au mât, c'est le genre de chose qui ne plaît pas au capitaine.

Ragetti fit entendre son petit ricanement de fouine.

–Ah ça oui, c'est sûr, renchérit-il en agitant son balai. Ça, ça lui plaît pas, alors... Dis ce que Barbossa a fait, pressa-t-il son compagnon.

–C'est moi qui raconte l'histoire ! aboya Pintel. (Ragetti baissa la tête, penaud.) Alors, soupira Pintel, c'est là que le capitaine, il a arrimé un canon aux bottes de ce vieux Bottier de Bill, et la dernière fois qu'on a vu

Bill Turner, continua-t-il, théâtral, il plongeait dans les eaux ténébreuses des bas-fonds pour saluer ce vieux Neptune. L'ennui, c'est qu'on n'a su qu'après qu'il nous fallait son sang pour conjurer le sort, acheva-t-il d'un ton guilleret.

– C'est ce qu'on appelle l'ironie du sort, fit observer Ragetti en roulant son œil de bois.

Les deux hommes furent secoués par le rire. Mais l'arrivée de Barbossa accompagné de Bosun et de son second les força à reprendre leur sérieux.

– Amenez-le ! ordonna le capitaine en leur jetant un trousseau de clés.

La nuit était tombée.

Sur le pont de l'*Intrépide*, Élisabeth, revêtue par souci de décence d'un uniforme rouge des soldats de la Marine Royale, rejoignit Jack qui contemplait le large.

– Vous ne lui avez pas parlé de la malédiction, dit-elle en promenant ses mains distraitement sur le bastingage.

– Vous non plus, il me semble avoir remarqué, fit observer Jack. Pour la même raison, j'imagine.

– Il n'aurait pas accepté de prendre le risque, se justifia Élisabeth.

– J'aurais pu le saouler, suggéra Jack. (Élisabeth lui jeta un regard noir.) Ne vous méprenez pas, mon ange. J'admire ceux qui sont prêts à faire tout ce qui est nécessaire.

– Vous êtes un petit malin, Jack, sourit-elle. Mais je ne vous fais pas entièrement confiance.

–Alors nous sommes deux, très chère, répondit Jack.

Au même instant, le commodore vint chercher le pirate. Une mission de la plus haute importance les attendait, mais pour cela, il était nécessaire qu'il rende à Jack son indispensable compas.

–Suivez-moi, dit-il en la lui jetant.

Une fois dans la chaloupe, le commodore Norrington baissa sa longue-vue. Les ponts du *Black Pearl* étaient déserts.

–Cette situation ne me dit rien qui vaille, dit-il à Jack. Toute tentative d'assaut pourrait s'avérer être une embuscade.

–Sauf si c'est vous qui la tendez, répondit Jack, qui, sous les yeux médusés de ses gardes, avait familièrement posé une main sur l'épaule du commodore. Il faut que j'aille convaincre Barbossa d'envoyer ses marins dans leurs petites barques... Vous et vos camarades, vous retournez sur l'*Intrépide* et vous les pulvérisez avec vos petits canons, d'accord ? demanda-t-il, omettant judicieusement de préciser que la malédiction rendait les hommes de Barbossa immortels. Qu'est-ce que vous avez à perdre ?

–En tout cas, rien que je puisse amèrement regretter, répondit Norrington sans se retourner, tout en repoussant du bout du canon de son pistolet la main de Jack.

–Cela dit, pour être tout à fait franc avec vous, concéda Jack, provoquant un sourire sarcastique chez son interlocuteur, il y a un petit risque pour tous ceux qui resteront à bord de l'*Intrépide*, ce qui inclut la future madame commodore.

Un instant plus tard, sur le pont de l'*Intrépide*, Élisabeth se débattait tandis que deux gardes tentaient de l'entraîner.

–C'est pour votre sécurité ! expliqua le lieutenant en second.

–Je me fiche des ordres du commodore, répliqua Élisabeth en s'agitant de plus belle. Il faut que je les prévienne ! Les pirates ! Les pirates sont maudits ! On ne peut pas les tuer, acheva-t-elle alors qu'on la jetait dans une cabine.

–Ne vous en faites pas, tenta de l'apaiser le lieutenant. Il a été informé de cela, lui dit-il du ton qu'on prend pour parler à une enfant un peu fantasque. Une petite sirène a fait plouf ! et lui a raconté toute l'histoire, ironisa-t-il.

Et sur ces paroles, il eut un petit rire et referma les doubles portes. Élisabeth se jeta contre le battant.

–Tout cela, c'est la faute de Jack Sparrow ! cria-t-elle en tambourinant sur les vitres dépolies. Oh ! soupira-t-elle, excédée.

Pendant ce temps, Jack, ravi de son petit stratagème, ramait en souriant sur un petit canot et s'engouffrait à l'intérieur de la grotte des pirates.

Non loin de là, Barbossa, accompagné de ses hommes, entraînait Will ligoté dans les tréfonds de la caverne, entre les monceaux de trésor amassés depuis des années.

–Faut pas te faire de bile, dit Pintel à Will, c'est

juste une piqûre au doigt, quelques gouttes de sang.

– Faut pas qu'on se goure, cette fois, intervint un pirate au rictus féroce. C'est qu'une moitié de Turner. Faut le vider de son sang ! cracha-t-il en poussant Will.

– Il devrait peut-être se faire de la bile, finalement, dit Pintel à Ragetti qui ricana.

22

Les pirates étaient une fois de plus parvenus dans le saint des saints de leur sinistre repaire débordant d'or et de pierres précieuses. À nouveau, Barbossa se jucha au sommet du tas où trônait le coffre de granit aztèque. Deux hommes amenèrent Will, le médaillon autour du cou, et le forcèrent à s'incliner au-dessus du tas de pièces scintillantes, tandis que les pirates scandaient leurs cris en agitant torches et pistolets. Barbossa ramassa le couteau rituel du sacrifice et le brandit. Dans la foule hurlante, une silhouette improbable se faufilait entre les hommes extatiques en s'excusant poliment.

–Excusez-moi. Pardonnez-moi ! Je vous demande pardon.

C'était bien entendu Jack Sparrow, égal à lui-même.

–Ce qui commence dans le sang, entonna

Barbossa, les yeux levés au ciel et les bras écartés, doit finir dans…

Il n'acheva pas. Au-dessous de lui, Jack, arrivé au premier rang, lui faisait de petits signes en sautillant.

– Jack ! s'exclama à mi-voix Will en redressant la tête.

– C'est impossible, murmura Barbossa, stupéfait.

– Non, corrigea Jack. Improbable.

– Où est Élisabeth ? demanda Will en se relevant tout à fait malgré les efforts de ses gardes.

– Elle est saine et sauve, comme je te l'ai promis, glissa Jack. Et elle est prête à épouser Norrington, comme elle a promis, ajouta-t-il. Et toi, tu vas mourir pour elle, comme tu l'as promis. Nous sommes tous des hommes d'honneur, tu vois ? fit-il avec une désarmante ingénuité. Excepté Élisabeth, qui est en fait… une femme ! corrigea-t-il après coup.

– La ferme ! Ce sera toi le suivant ! cria Barbossa en pointant son couteau sur Jack.

Jack recula d'un pas en faisant mine d'être effarouché. Barbossa fit signe à ses hommes de remettre Will en position et posa sa lame sur la gorge de sa victime.

– Je ne crois pas que tu veuilles faire ça, l'ami, le défia calmement Jack.

– Détrompe-toi, j'en ai l'intention, grinça Barbossa avec une grimace mauvaise.

– Ton compte est bon, déclara Jack d'un air dégagé.

Barbossa leva les yeux au ciel et se sentit obligé de demander malgré lui :

– Et pourquoi ne devrais-je pas faire ça ?

– Eh bien, parce que… commença Jack en s'avançant. (Bosun voulut le retenir par l'épaule, mais Jack lui assena une petite claque agacée sur la main.) Parce que l'*Intrépide*, fierté de la Marine Royale, est là-bas, acheva-t-il en désignant l'extérieur de la grotte. À quelques encablures, et qu'il n'attend que toi.

Un murmure effaré parcourut l'assistance. Barbossa considéra Jack sans un mot.

Dehors, de part et d'autre de la grotte, des chaloupes chargées de soldats de Sa Majesté étaient à l'affût.

– Et on fait quoi, là ? demanda un soldat à un autre.

– Les pirates se ramènent, et au dépourvu, au débotté, on les surprend par un feu croisé, et on les envoie dire bonjour au diable, répondit son compagnon.

– Je sais pourquoi on est ici, reprit le premier avec un soupir excédé. Ce que je demande, c'est pourquoi on n'est pas en train de faire ce que monsieur Sparrow a dit qu'on devrait faire. Avec les canons et tout ça !

– Justement, intervint Norrington avec un sourire finaud, parce que c'est Sparrow qui nous l'a dit.

Les deux hommes en restèrent le bec cloué.

– Il aurait pas dit la vérité ? interrogea le second.

Pendant ce temps, dans la grotte, Jack continuait ses tractations.

– Attends, écoute-moi l'ami, apaisa-t-il Barbossa. Tu ordonnes à tes hommes de ramer vers l'*Intrépide* et de faire leur boulot de pirates.

– Ouais, ouais ! s'écrièrent les forbans, surexcités.

– Et, poursuivit Jack, voyant qu'il avait capté l'attention de Barbossa, aussi sec, illico presto, tu te retrouves avec un deuxième navire. Les premiers de ta flotte personnelle. Tu prendras le plus grand comme vaisseau amiral et tu auras bien raison. Mais que faire du *Black Pearl* ? demanda-t-il triomphalement. (La question resta en suspens. Barbossa continuait de le fixer.) Nomme-moi capitaine. Je voguerai sous tes couleurs et je te laisserai dix pour cent de mes rapines, et tu pourras te présenter comme… le commodore… Barbossa ! conclut-il avec un geste théâtral. Ça te va ?

– Et je suppose qu'en échange, tu vas me demander d'épargner ce morveux ? interrogea Barbossa qui flairait anguille sous roche.

– Non, non, non, non ! Pas du tout ! Je t'en prie, tue ce morveux, se récria Jack. Mais pas tout de suite. Lever une malédiction est une chose que l'on ne doit faire qu'au bon moment.

Will le dévisagea. Barbossa cherchait encore à comprendre.

– Par exemple, continua Jack en ramassant une poignée de pièces dans le coffre, après avoir tué les hommes de Norrington… Les avoir tués… jusqu'au… dernier, expliqua-t-il en laissant nonchalamment tomber une pièce sur le tas pour ponctuer chaque mot.

Son raisonnement était lumineux : si la malédiction était levée, Barbossa et son équipage redeviendraient des hommes mortels… Le genre que le commodore Norrington et la Marine Royale n'auraient aucune peine à tuer. Mais s'ils prenaient l'*Intrépide* à l'abordage tels qu'ils étaient encore, ils pourraient s'approprier ce vaisseau en plus du *Black Pearl* !

Barbossa était resté les yeux fixés sur ceux de Jack. Subrepticement, avec un geste digne d'un prestidigitateur, celui-ci escamota la dernière des pièces qu'il avait ramassées.

– Tu prépares cela depuis le premier jour ! s'indigna Will. Depuis que tu sais comment je m'appelle !

– Oui ! répondit Jack en ouvrant de grands yeux.

Will le fusilla du regard.

– Je veux cinquante pour cent de ton butin, dit Barbossa en décroisant les bras.

– Quinze, contra Jack.

– Quarante.

– Vingt-cinq, répondit Jack. Et je t'offre un chapeau.

Barbossa leva les yeux vers son couvre-chef mité.

– Un chapeau énorme, roucoula Jack, séducteur. Commodore !

Lorsqu'il entendit ce titre ronflant, le visage de Barbossa s'éclaira.

– Marché conclu, se réjouit-il en lui serrant la main.

– À vos chaloupes, camarades ! s'écria Jack, jovial. (Barbossa le toisa, outré.) Je te demande pardon, se corrigea Jack en baissant les bras. C'est toi qui commandes, ajouta-t-il avec une petite révérence.

Barbossa jeta un dernier regard à Will. Il utiliserait son sang plus tard, quand Norrington et ses hommes seraient morts et ne présenteraient plus aucun danger. Il jeta un regard de triomphe à son équipage.

– Messieurs ! brailla Barbossa. Allez-y à pied !

La troupe hurlante s'ébranla, ravie d'avoir une nouvelle occasion de faire un carnage. Au passage, Bosun tendit à Ragetti et Pintel des ombrelles et des robes.

– Pas en chaloupe ? s'étonna Jack. Pas vers les bateaux ?

Sans répondre, Barbossa s'éloigna derrière ses hommes. Parvenus à l'endroit où ils avaient laissé leurs embarcations, ils descendirent lentement dans l'eau, comme une armée de morts-vivants, pour gagner la sortie de la grotte baignée par le clair de lune.

23

Dehors, devant la caverne, sur les eaux calmes scintillant sous la lune, le commodore Norrington et ses hommes attendaient toujours dans leurs chaloupes, avec l'intention d'attaquer par surprise les pirates quand ils sortiraient.

Les marins ne remarquèrent pas les vaguelettes qui ridaient l'eau. Les pirates sortaient bien de la caverne, oui, mais pas dans des canots, éparpillant dans toutes les directions les poissons effrayés par ces silhouettes sombres. Sous le clair de lune qui filtrait jusqu'au fond, c'étaient des squelettes, armes à la main, qui marchaient au fond de la mer, reprenant de temps en temps forme humaine lorsqu'ils passaient sans un bruit sous l'ombre des chaloupes de Norrington, une armée surnaturelle qui s'apprêtait à gagner à son insu l'*Intrépide*.

Le silence fut troublé par un brusque bruit de rames. Tous les marins levèrent leurs pistolets en voyant un canot sortir lentement de la caverne. Norrington regarda les deux silhouettes et ordonna à ses hommes de ne pas tirer. Il n'en croyait pas ses yeux : c'étaient deux femmes !

– Hé, hé, hé ! ricana Ragetti en s'éventant coquettement, costumé en femme sous son ombrelle, tandis que Pintel ramait, pareillement déguisé. On fait exactement la même chose que ce que les Grecs ont fait à Troie ! Sauf qu'ils étaient dans un cheval. Pas dans des robes, acheva-t-il piteusement. Un cheval de bois.

Pintel leva les yeux au ciel sous sa coiffe de femme de chambre et soupira, fatigué des bavardages de son compagnon.

Pendant ce temps, les pirates étaient parvenus sous l'*Intrépide* et commençaient à grimper le long de la corde des amarres.

Sur le pont, le gouverneur Swann arriva devant la porte de la cabine où était enfermée sa fille.

– Laissez-moi, je vous prie, dit-il au garde qui s'éclipsa. Élisabeth ! appela-t-il. (Ne recevant aucune réponse, il frappa.) Je tenais à ce que tu saches que... je pense que tu as pris une excellente décision, aujourd'hui. Si tu savais comme je suis fier de toi, continua-t-il en s'asseyant sur un banc à côté de la porte.

Pendant ce temps, dans la cabine à peine éclairée par quelques chandelles, Élisabeth s'affairait.

– Mais tu sais, continua de radoter le gouverneur, une décision, si on la prend pour de mauvaises raisons, peut être une mauvaise décision...

À l'autre bout du pont, les soldats continuaient leur ronde sans se douter que l'équipage de Barbossa commençait à enjamber le bastingage de l'*Intrépide*.

–Élisabeth ? interrogea le gouverneur. Tu es là ? Est-ce que tu m'as seulement écouté, Élisabeth ?

Il se leva et ouvrit la porte. La cabine était vide. Il courut à la fenêtre, trop tard pour voir sa fille s'enfuir avec une chaloupe dans la nuit. Découvrant l'échelle de draps noués dont elle s'était servie pour descendre par la fenêtre, il leva les yeux au ciel.

–Élisabeth... Qu'as-tu encore fait ? se lamenta-t-il.

Sans un bruit, l'armée de squelettes se faufilait sur le navire, étranglant ou égorgeant les soldats les uns après les autres. Telle une marée de spectres, ils déferlaient sur le pont, glissaient le long des cordages, semant des victimes à chaque pas.

–Youhou !

À bord du canot, Ragetti ne se lassait pas de lancer des petits cris à l'adresse des hommes de Norrington dans leurs chaloupes.

–Arrête ça, gronda sous son ombrelle Pintel, dont la tignasse hirsute dépassait de sa grotesque coiffe jaune bordée de dentelle. Je me sens déjà assez ridicule !

–Je te trouve chouette, moi, dit Ragetti.

Furieux, Pintel lâcha rames et ombrelle pour étriper son compagnon qui perdit la sienne.

–Tu me trouves chouette, hein ? brailla-t-il en le secouant, sans se rendre compte qu'ils étaient maintenant découverts et que la lune les faisait paraître tels qu'ils étaient : des squelettes !

Sur l'*Intrépide*, l'agitation avait attiré l'attention de l'homme de quart.

– Lieutenant ! fit-il en désignant la barque qui approchait.

Le lieutenant Gillette sortit sa longue-vue et la déplia. Il aperçut les deux femmes sortir de la grotte. Puis il vit l'une d'elles baisser son ombrelle dans le clair de lune. C'étaient deux squelettes habillés en femmes, et l'un d'eux lui fit une œillade enjôleuse de son œil de bois !

Comprenant qu'ils étaient découverts, l'un des pirates leva son pistolet et fit sauter le chapeau du second de Norrington. Gillette étouffa un cri en voyant les squelettes, qui avaient silencieusement pris le navire à l'abordage, descendre des gréements comme des araignées et envahir le gaillard d'arrière. L'attaque de l'*Intrépide* avait commencé !

Alerté par le soudain vacarme de cris et de coups de feu, le gouverneur sortit de la cabine juste à temps pour voir s'effondrer à ses pieds un soldat qu'un squelette embrochait au bout d'une baïonnette. Effaré, il se réfugia précipitamment dans la cabine et referma la porte.

Dans la grotte, Jack était en train d'examiner minutieusement les trésors d'un œil connaisseur. Derrière lui, Will attendait sous bonne garde que son sort soit réglé.

– Je dois l'avouer, Jack, je pensais bien te connaître, dit soudain Barbossa, assis sur un tas d'or. Mais il s'avère que tu es un homme très imprévisible.

– Moi ? fit mine de s'étonner Jack en cessant un instant d'admirer une lourde statuette d'or pur. Moi, je suis malhonnête. Et on sait qu'un homme malhonnête le restera quoi qu'il arrive, conclut-il en balançant la statue sans plus de façons, avant de se lancer dans l'un de ses grands raisonnements. Honnêtement, continua-t-il en passant derrière un homme qui s'amusait à faire des ricochets dans l'eau avec des ducats d'or, ce sont les hommes honnêtes dont il faut se méfier, parce qu'on ne peut jamais prévoir à quel moment ils feront un truc incroyablement... stupide.

Will ne le quittait pas des yeux, cherchant à comprendre où le pirate voulait en venir. Au même instant, d'une pirouette, Jack arracha le sabre de l'homme, et d'un coup de pied bien placé l'envoya culbuter dans le petit lac. Puis il lança le sabre à Will sous les yeux stupéfaits de Barbossa qui n'avait pas eu le temps de se ressaisir.

Will renversa d'un coup d'épaule Bosun qui se précipitait sur lui, tandis que Jack dégainait à son tour son épée et se jetait sur Barbossa. Tous deux croisèrent le fer, glissant sur les pièces d'or scintillantes qui jonchaient le sol de la caverne. Le bruit des lames qui s'entrechoquaient résonnait dans la grotte.

Pendant ce temps, un autre homme se ruait sur Will qui se retourna à la dernière seconde et présenta à sa lame la corde qui lui liait les poignets et qui la trancha tout net. Libéré, il ramassa l'épée et affronta ses trois adversaires à la fois.

Barbossa s'était réfugié au sommet du tas d'or où trônait le coffre. D'un coup d'épée, Jack coupa le plumet de son chapeau et éclata de rire. Furieux, Barbossa poussa un cri de rage et s'élança sur lui. De temps en temps, les adversaires de Will et de Jack passaient dans les rayons de lune qui filtraient par un orifice dans le plafond de la grotte et se retrouvaient changés en squelettes.

– Cette île n'est sur aucune carte, lança Barbossa à Jack en croisant le fer. Et elle est remplie de monstres !

De son côté, Élisabeth était parvenue au *Black Pearl* et grimpait silencieusement le long du flanc du vaisseau. Par l'un des sabords, elle aperçut deux pirates assis devant une table improvisée avec quelques planches posées sur un affût de canon. Ils attendaient que Barbossa revienne avec ses hommes à bord et leur annonce la bonne nouvelle : la malédiction était levée et ils étaient enfin redevenus capables de se nourrir comme des êtres normaux !

– Qu'est-ce que tu mangerais en premier ? demanda l'un à son compagnon en contemplant les plats et les flacons disposés sur la table. Autant se décider tout de suite ! ricana-t-il. Histoire d'être vraiment prêt le moment venu !

– Du gâteau ! répondit l'autre en contemplant avec convoitise une splendide pâtisserie qui trônait devant eux.

– Moi aussi, c'est du gâteau que je voulais ! protesta le premier, prêt à se battre.

Furieux, son compagnon sortit son couteau et le planta violemment au milieu de la table.

Ravie de les laisser à une querelle qui détournait leur attention, Élisabeth poursuivit son ascension.

– Tu coupes, dit le marin. Je choisis.

Pendant ce temps, Élisabeth était parvenue sur le pont qu'elle balaya du regard. Le *Black Pearl* était désert. La voie était libre. Elle enjamba le bastingage et regarda autour d'elle.

Soudain, le squelette du petit singe jaillit de la pénombre en poussant un piaillement terrifiant qui aurait glacé les sangs de n'importe qui. Mais Élisabeth n'était pas n'importe qui. Elle ne se laissa pas impressionner et le regarda droit dans les yeux. Le singe se recroquevilla, interloqué, tandis qu'elle empoignait par la peau du cou cet animal insupportable qui n'avait cessé de l'empoisonner depuis qu'elle avait été faite prisonnière.

Un instant plus tard, l'animal atterrissait sur le canon devant les deux pirates toujours occupés à contempler leur futur repas.

– Qu'est-ce que c'est ? demanda l'un en voyant le singe pousser un dernier geignement et glisser dans la mer.

Les deux marins se précipitèrent au sabord. Au-dessus d'eux, Élisabeth penchée sur le bastingage, les aperçut et étouffa un cri. Les deux hommes se retournèrent et la virent à leur tour. Elle n'eut que le temps de descendre prestement l'escalier du pont inférieur, se réfugiant dans un couloir juste au moment où les deux hommes montaient, en brandissant leurs sabres et en poussant des cris de rage.

À fond de cale, entendant les pas précipités sur les marches, Gibbs fit signe à ses compagnons qui bavardaient de se taire et tendit l'oreille.

Soudain, une silhouette svelte en uniforme de la

Marine Royale fit irruption au bas du petit escalier.

–C'est Élisabeth ! s'exclama Gibbs.

Pintel et Ragetti venaient d'arriver à leur tour sur l'*Intrépide*, où la bataille faisait toujours rage. Sur le pont, les hommes succombaient sous les coups des pirates invincibles. Un homme qui s'écroula eut encore la force de se redresser et de sonner désespérément la cloche de quart avant qu'un pirate vienne l'achever d'un coup d'épée en plein cœur.

Les cris et les coups de feu alertèrent Norrington. Il se retourna et vit s'élever des nuages de fumées de son bâtiment.

–Ils ont un problème ! s'écria-t-il. Cap sur le navire !

Aussitôt, les marins s'emparèrent des avirons et souquèrent de toutes leurs forces en direction de l'*Intrépide* dont s'emparaient les fantomatiques squelettes.

À bord, Pintel et Ragetti, qui avaient recouvré forme humaine à l'abri de la pénombre de la cale, s'échinaient à pousser les canons dans leurs sabords. Et soudain, dans un grondement de tonnerre, un boulet vint s'abattre dans l'eau juste devant la chaloupe de Norrington. D'autres le suivirent : le commodore était maintenant sous le feu de son propre navire !

Le gouverneur Swann, toujours tapi dans la cabine, regardait subrepticement à travers les vitres le massacre qui se déroulait sur le pont. C'était incroyable : les assaillants semblaient invincibles et restaient debout, une épée à travers le corps ou criblés de balles.

Un soldat vint s'écraser contre la porte, terrassé, et le gouverneur vit son visage déformé glisser contre le carreau. Soudain, une face effrayante au rictus grimaçant se plaqua contre la porte. Affolé, le gouverneur recula à quatre pattes en poussant un hurlement de terreur. Des mains squelettiques et des bras décharnés vêtus de guenilles et de lambeaux fracassèrent les vitres, cherchant à s'emparer de lui. L'une d'elles lui arracha sa perruque. Recouvrant ses esprits devant cette atteinte à son honneur, le gouverneur résista et tira de son côté, arc-bouté contre les montants du chambranle, puis il saisit un maillet et, d'un coup sec, brisa les os de son adversaire, récupérant enfin son couvre-chef et sa dignité.

24

Dans la grotte, fins bretteurs, Will et Jack se battaient toujours sur une corniche, dans la pénombre d'une saillie rocheuse d'où tombaient des stalactites. Barbossa, profitant d'un instant d'inattention de Jack, lui assena en pleine face un coup de pied qui le fit tomber à la renverse. Jack était encore à terre quand il vit Barbossa jeter son sabre avec mépris.

–Tu ne peux pas me battre, Jack ! dit-il en écartant les bras d'un geste las.

Sans répondre, Jack se releva et lui enfonça son sabre en pleine poitrine jusqu'à la garde. Barbossa regarda la lame, puis il leva les yeux au ciel et poussa un long soupir fatigué. Puis, avant que Jack ait eu le temps de réagir, il arracha l'arme à deux mains et la planta dans le ventre de Jack qui poussa un cri de surprise et de douleur. Juché sur un rocher, Barbossa contempla avec satisfaction l'expression de Jack. Celui-ci recula en titubant, lentement, jusqu'à arriver sous l'orifice de la voûte, et lorsque les rayons de la lune l'atteignirent, il se changea sous les yeux stupéfaits de Barbossa… en squelette, le sabre toujours planté dans le ventre !

Jack se redressa, leva une main dans la lumière et la contempla pensivement.

– Très intéressant… fit-il.

À l'autre bout de la caverne, Will venait d'achever son adversaire en lui enfonçant un vase en or sur la tête et en le projetant dans l'eau. Il leva les yeux et vit l'étrange spectacle d'un squelette vêtu comme Jack, qui faisait jouer entre ses mains la pièce d'or qu'il avait subtilisée dans le coffre, un sourire narquois sur son visage décharné.

– Je n'ai pas pu résister, l'ami, dit-il à Barbossa qui restait pétrifié.

Le chef des pirates poussa un cri de rage, ramassa d'une main son épée et de l'autre une poignée de ducats qu'il jeta au visage de Jack, et se précipita sur lui en hurlant.

En bas, un pirate qui s'était relevé se précipita à son tour sur Will.

Dehors, les chaloupes avançaient avec peine entre les gerbes d'eau des boulets tirés par les canons de l'*Intrépide*. Sur le navire de Norrington, la bataille continuait, et le gouverneur se débattait à coup de maillet contre le morceau de squelette qui continuait de gigoter sur le tapis. Il finit par le ramasser et, évitant soigneusement les doigts crochus qui cherchaient à le griffer, l'enferma dans un tiroir et s'écroula, soulagé.

Mais il n'était pas au bout de ses peines : le bras, qui n'appréciait pas d'être ainsi enfermé, secouait la commode en tout sens comme si elle avait été animée d'une vie propre, et le gouverneur avait bien du mal à la maintenir.

Dans la caverne au trésor, le combat semblait ne devoir jamais finir. Will était épuisé : à peine avait-il abattu l'un de ses adversaires qu'un autre se relevait et se jetait sur lui. Jack et Barbossa n'étaient pas mieux lotis, étant l'un comme l'autre invincibles. Le pirate para une énième botte de Jack et, déséquilibré, s'affala sur le tas d'or.

– Et maintenant, Jack Sparrow, dit-il avec une rage désabusée, sommes-nous deux immortels condamnés à un combat épique, jusqu'aux trompettes célestes du Jugement dernier ? Hein ?

– Tu peux aussi te rendre, répliqua Jack.

Piqué, Barbossa se releva et reprit l'assaut. Après quelques passes, Barbossa lui assena un coup de poing, Jack faillit tomber à la renverse et préféra prendre ses jambes à son cou.

À bord du *Black Pearl*, les deux marins qui poursuivaient Élisabeth arpentaient prudemment le pont, armés l'un d'une masse et l'autre d'un grappin. Leur proie restait introuvable. Ils se penchèrent par-dessus le bastingage, au cas où elle se serait réfugiée le long de la coque, mais ce fut ce qui causa leur perte : ils se retournèrent trop tard pour voir la chaloupe suspendue à ses cordes tomber sur eux de tout son poids et les précipiter à la mer. Les captifs qui leur avaient habilement tendu ce piège sortirent de l'ombre, précédés par Élisabeth, et poussèrent un cri de victoire.

– Tout le monde avec moi ! s'écria-t-elle triomphalement en se précipitant vers la chaloupe pour la mettre à la mer. Will est encore dans la caverne et nous devons le sauver ! Parés ? Oh, hisse !

C'est alors qu'elle s'aperçut qu'elle était toute seule à la manœuvre. Elle se retourna et vit que tous les autres la regardaient sans bouger le petit doigt. Elle les regarda, décontenancée.

– Je ne peux rien faire toute seule, venez m'aider ! cria-t-elle.

– Crôôô ! fit le perroquet de Cotton. Le calme après la tempête !

– Cotton a raison, fit observer Gibbs avec un grand sourire. Nous avons le *Black Pearl* !

– Que va devenir Jack ? demanda-t-elle. Vous abandonnez votre ami ?

– Jack nous doit ce navire, dit un autre membre de l'équipage d'un ton sévère.

– On applique le code, ajouta Gibbs.

– Le code ? répéta Élisabeth, incrédule. (Elle se rappela la fameuse phrase de Jack : « Tout homme qui ne reste pas à sa place reste sur place. ») Mais vous êtes des pirates ! reprit-elle, scandalisée. Oubliez le code et au diable les règlements ! Ce n'est rien de plus qu'une sorte de guide, en fait !

Mais l'équipage n'en démordit pas et Élisabeth se

retrouva toute seule à ramer dans sa chaloupe pour retourner à l'île de la Muerta.

–Maudits pirates, maugréa-t-elle, courbée sur ses avirons.

Sur l'*Intrépide*, les soldats de Sa Majesté succombaient sous le nombre. Soudain, Ragetti avisa son compagnon et lui désigna la baie.

–Hé, c'est normal que le bateau s'en aille ? demanda-t-il.

–Ils nous volent notre navire ! s'écria Pintel.

–Maudits pirates ! s'indigna Ragetti.

Entre-temps, les chaloupes de Norrington étaient arrivées au flanc du vaisseau.

–Montez à bord ! ordonna le commodore à ses hommes qui lancèrent des grappins et grimpèrent à l'abordage.

Toujours vêtus de leurs robes, Pintel et Ragetti brandirent leurs sabres tandis que Norrington tirait son premier coup de feu, sans savoir qu'il se battait contre des adversaires immortels.

–En avant ! hurla Pintel.

Les pirates se précipitèrent sur les nouveaux arrivants qui se battaient comme des lions, mais la lutte était bien inégale.

Dans la mêlée, Ragetti prit un coup de poulie qui ne lui était pas destiné et en perdit son œil de bois. Il se lança à quatre pattes pour récupérer le précieux objet qui roulait entre les jambes des combattants.

Dans la caverne, ignorant que son vaisseau bien-aimé s'éloignait, Jack continuait de se battre.

– Je vais t'apprendre ce que c'est que de souffrir, beugla l'adversaire de Will qui était tombé après avoir été déséquilibré par l'explosion d'une bombe.

– Vous aimez souffrir ? demanda une voix. (Le pirate se retourna et vit une femme vêtue de l'uniforme rouge de la Marine Royale.) Essayez de porter un corset, lui conseilla-t-elle en lui assenant un coup à pleine volée avec une énorme lance d'apparat en bronze doré, avant de la tendre à Will pour l'aider à se relever.

Les deux jeunes gens se sourirent tendrement. Les cris de Jack et Barbossa les firent se retourner.

– De quel côté est Jack ? demanda Élisabeth.

– Ça dépend des moments, répondit Will.

Tous deux se précipitèrent sur les trois autres pirates en se servant de la lance comme d'un bélier et les embrochèrent d'un seul coup. Les trois pirates se retrouvèrent réduits à l'impuissance. D'un geste vif, Will alluma une bombe, la fourra sous les côtes d'un des pirates et poussa la brochette dans l'ombre. L'homme voulut récupérer la bombe, mais comme il était redevenu humain à l'abri des rayons de lune, elle était solidement calée dans son estomac.

– C'est de la triche ! se plaignit-il en ouvrant de grands yeux.

Ce furent ses dernières paroles. Les trois pirates explosèrent et les débris furent projetés aux quatre coins de la grotte pendant que Will et Élisabeth s'enfuyaient.

Profitant de la diversion causée par l'explosion, Jack glissa la pièce aztèque dans sa main et, d'un geste vif, s'entailla la paume avec son épée, repoussa Barbossa et lança la pièce vers le coffre. Une main la rattrapa au vol, tandis que le chef des pirates dégainait son pistolet pour le braquer sur Élisabeth qui arrivait au même instant sur la rive. Tous s'immobilisèrent.

Le coup de feu résonna dans la grotte. Élisabeth étouffa un cri. Barbossa se retourna, surpris. C'était Jack qui avait tiré. Sur lui.

– Dix ans que tu traînes ce pistolet et tu gâches ta seule balle, lui ironisa Barbossa.

– Il ne l'a pas gâchée, dit Will.

Barbossa se retourna. Le jeune homme était perché sur le rocher, une main tendue au-dessus du coffre ouvert où rutilait l'or maudit des Aztèques. Dans l'autre, il tenait le couteau rituel dont la lame dégouttait encore du sang de l'entaille qu'il venait de se faire à la paume. Lentement, il ouvrit la main. Dans le silence, deux pièces tachées de sang en tombèrent et tintèrent en rejoignant leur semblables.

Barbossa baissa la tête et écarta les pans de son gilet brodé. Sa chemise crasseuse était percée du trou noir laissé par la balle de Jack. Une tache de sang sombre apparut et imbiba lentement le tissu. Barbossa releva la tête, incrédule, tandis que Jack baissait le bras qui tenait son pistolet encore fumant.

– J'ai froid, murmura Barbossa d'une voix faible. Si froid…

Son regard se troubla et il s'écroula de tout son

long dans le tas de pièces d'or, laissant échapper de ses doigts crochus la pomme qu'il n'avait pas lâchée et qu'il ne goûterait jamais.

Au même instant, sur l'*Intrépide*, les pirates retrouvaient soudain forme humaine et s'écroulaient les uns après les autres. Dans la cabine, le gouverneur s'étonna de ne plus sentir la commode danser sous lui. Il ouvrit le tiroir, étouffa un cri en portant une main à sa bouche et referma le tiroir, au bord de la nausée.

Sur le pont, interloqués, les pirates survivants se regardaient et contemplaient la lune. Puis, comprenant, un à un, ils lâchèrent leurs armes. Ragetti profita de ce calme pour ramasser son œil de bois et le remettre en place après l'avoir épousseté. Il se releva et se retrouva nez à nez avec les baïonnettes des soldats.

– Pourparler ? hasarda Pintel avec un sourire forcé.

– Ce navire est à nous, mes amis, dit le commodore Norrington, son épée encore ensanglantée à la main.

Les soldats poussèrent un cri de victoire.

– Par tous les saints, dit le gouverneur en sortant enfin de sa cabine, rassuré, pour se joindre à l'enthousiasme général et en profiter pour narguer impunément ces pirates désormais réduits à l'impuissance.

Dans la caverne, Élisabeth contemplait pensivement l'amoncellement de joyaux où gisait le cadavre de Barbossa. Will vint la rejoindre et elle se retourna. Les deux jeunes gens se dévisagèrent, incapables de prononcer un seul mot. Un fracas les fit sursauter. Jack était en train de faire le tri dans les trésors qu'il balançait les uns après les autres avec agacement.

– Nous devrions retourner sur l'*Intrépide*, dit enfin Élisabeth pour briser ce silence gêné.

– Votre fiancé aimerait vous savoir saine et sauve, répondit Will après une hésitation.

Élisabeth hocha la tête et se détourna en ravalant ses larmes.

Jack, qui avait fait son choix, arriva derrière Will, une couronne resplendissante de pierreries posée de travers sur son crâne, un gobelet d'or à la main, une besace débordante sous le bras, et plus de colliers de perles au cou qu'aucune princesse n'en avait jamais portés en même temps.

– Si tu voulais attendre le bon moment pour lui parler, commença-t-il, c'était là.

Et sur ces mots, il planta Will en lançant :

– Est-ce que tu peux avoir l'extrême obligeance de me raccompagner sur mon navire ?

Élisabeth, Jack et Will montèrent dans une chaloupe et se mirent en route. Mais quand ils atteignirent l'entrée de la caverne, Jack s'aperçut que le navire avait disparu. Il scruta l'horizon en vain.

– Je suis navrée, Jack, tenta de le consoler Élisabeth, tandis qu'il contemplait d'un air désolé la mer vide d'où avait disparu ce *Black Pearl* qu'il désirait tant.

– Ils ont fait ce qu'ils croyaient devoir faire, répondit Jack, fataliste et conscient qu'il allait bientôt rencontrer le bourreau de Fort Charles. On ne peut pas en demander plus que ça.

25

Les roulements des tambours résonnèrent entre les murailles du Fort Charles. Un splendide soleil brillait dans le ciel, et ma foi, c'était une bien belle journée pour mourir. La chance de Jack avait finalement semblé lui faire défaut : impassible, le pirate, les mains liées devant lui, attendait sur le gibet devant le nœud coulant.

– Jack Sparrow..., commença un officier de justice en déroulant un parchemin.

Au pied de la potence, la foule des habitants de Port Royal, rassemblée pour assister à l'exécution, mit ses mains en visière pour mieux voir le plus terrible pirate que les Caraïbes avaient jamais connu. Sur les marches, derrière les spectateurs, avaient pris place comme il se devait les officiers, ainsi que le gouverneur Swann en grande tenue, le commodore Norrington en uniforme d'apparat, et Élisabeth, vêtue d'une élégante robe crème à ramages lie-de-vin et coiffée d'un petit chapeau fleuri. Tous observaient la scène d'un air grave.

– CAPITAINE... corrigea à mi-voix Jack, agacé, en levant les yeux au ciel. CA-PI-TAINE Jack Sparrow !

–... La cour proclame qu'on vous a inculpé, jugé et condamné, pour avoir sciemment commis des crimes contre la Couronne.

Un homme drapé d'une cape rouge et portant un chapeau orné d'une splendide plume et au rebord baissé sur les yeux se faufila dans la foule. C'était Will Turner.

–... Lesdits crimes étant divers et nombreux, continuait l'officier, et de sinistre nature. Les plus insignes d'entre eux étant cités ci-après : piraterie, contrebande...

Tandis que l'homme énumérait les chefs d'accusation, chacun ponctué d'un roulement de tambour, Élisabeth secouait la tête, impuissante.

– C'est injuste, s'indigna-t-elle.

– Le commodore Norrington y est tenu par la loi, lui fit observer sentencieusement son père en évitant son regard, tandis qu'Élisabeth le foudroyait. Comme nous le sommes tous.

Certes, Jack avait risqué sa vie pour la sauver, et l'avait risquée de nouveau pour sauver l'équipage de Sa Majesté. Mais aux yeux de son père, la loi était la loi, et aux yeux de la Couronne, Jack l'avait enfreinte.

Norrington se contenta de baisser la tête.

–... Et également pour s'être fait passer pour un officier de la marine anglaise, pour un officier de la marine royale espagnole, continuait l'officier judiciaire, et pour un ecclésiastique de l'église d'Angleterre.

–Ah oui, fit Jack, ravi de ce souvenir.

–... avoir arboré des pavillons de complaisance...

Jack fit un petit signe amical au bourreau barbu et ventripotent vêtu d'un gilet de cuir et coiffé d'une cagoule qui attendait à côté de lui.

–... enlèvements, pillages, braconnages, brigandages, poursuivait l'officier.

Un oiseau jaune et bleu apparut brusquement dans le ciel en caquetant. Ceux qui avaient fréquenté les hommes de Jack auraient reconnu immédiatement le perroquet de Cotton, qui alla se poser au sommet de la perche où flottait l'étendard de la flotte de Sa Majesté. Et une fois installé, il se soulagea généreusement sur l'épaule du porte-drapeau.

Agacé, le soldat secoua la perche pour déloger l'oiseau.

–Mais non, voyons, dit son compagnon. Ça porte chance.

Et, ravi de sa méchante blague, il leva à son tour le nez vers le drapeau, comme pour remercier l'oiseau de son mauvais tour, et eut droit à un second service.

–... maraudes, dépravation, déprédations et troubles de l'ordre public, énumérait toujours l'officier.

Will leva les yeux vers l'oiseau. C'était un signal. Il fit un petit signe discret à Jack et s'éclipsa discrètement pour gagner les marches où attendaient Norrington, le gouverneur et Élisabeth.

–... Et pour ces crimes, vous avez été condamné à

être ce jour, pendu haut et court jusqu'à ce que mort s'ensuive. Puisse Dieu avoir pitié de votre âme, acheva enfin l'officier.

– Gouverneur Swann, salua Will. Commodore... Élisabeth. (La jeune fille baissa timidement les yeux vers lui.) J'aurais dû vous le dire chaque jour, depuis le premier jour. (Élisabeth sentit les larmes lui monter aux yeux.) Je vous aime.

Stupéfaits, le commodore et le gouverneur se tournèrent vers la jeune fille. Élisabeth fixa sans répondre Will, qui tourna les talons, s'élança et se perdit de nouveau dans la foule.

Rassuré, le gouverneur reprit sa posture officielle.

Les roulements de tambour se firent continus, annonçant le moment capital. Le bourreau passa la corde autour du cou de Jack qui se laissa faire en souriant.

Le perroquet s'envola brusquement, attirant l'attention d'Élisabeth, tandis que Will fendait la foule en direction de l'échafaud.

– Fusiliers ! commanda Norrington tandis qu'Élisabeth étouffait un cri.

– Je ne peux plus respirer, fit-elle en papillonnant des paupières.

Et sur ces mots, elle défaillit et se laissa choir.

Norrington et le gouverneur se retournèrent.

– Élisabeth ! s'écria son père en ôtant son tricorne emplumé pour l'éventer.

Pendant ce temps, Will dégainait son épée et bousculait l'assistance. Alors que le gouverneur continuait de tenter de ranimer sa fille, celle-ci rouvrit brusquement les yeux et poussa un petit cri. Le bourreau tira sur le levier déclenchant la trappe et Jack tomba dans le vide en serrant les dents.

Au même instant, Will lança son épée qui alla se ficher sous la plate-forme. Jack atterrit de justesse sur la lame, tandis que Will se précipitait sur le gibet et que le bourreau s'apprêtait à achever sa sinistre besogne en levant sa hache. Will dégaina sa seconde épée et dévia le coup. Les deux hommes se mirent à lutter tandis que Jack s'efforçait de garder son équilibre précaire sur la lame en roulant des yeux effarés.

Les cris redoublèrent dans la foule alors que les fusiliers accouraient à la rescousse, Norrington à leur tête. Le bourreau parvint à désarmer Will, mais son coup de hache, emporté par son élan, coupa malencontreusement – mais heureusement pour un certain Jack en bien mauvaise posture – la corde qui retenait le pendu. Jack s'affala sous l'échafaud au moment où Will se jetait sur le bourreau et le précipitait dans la foule, où il s'effondra sur Norrington et une demi-douzaine de ses hommes.

Jack en profita pour cisailler ses liens sur la lame de l'épée, sortit de sous l'échafaud au moment où Will en sautait, et lui lança la corde au bout de laquelle il avait failli connaître ses derniers instants.

Ensemble, les deux hommes s'élancèrent, la corde tendue entre eux, pour cueillir trois soldats qui se jetaient sur eux et les culbuter. Trois autres connurent le même sort sur les marches, et les deux suivants tâtèrent du poing de Will, qui valait bien sa lame. Puis les deux complices coururent jusqu'au parapet et, acculés, se réfugièrent derrière un pilier, et là... Une vingtaine de fusils, baïonnettes au canon, les accueillirent.

Norrington s'approcha, ivre de rage, et pointa son épée sur la gorge de Will, pendant que Jack restait prudemment derrière son compagnon.

–Je me doutais bien que nous aurions à souffrir une tentative d'évasion intempestive, dit-il froidement, tandis que Jack repoussait délicatement les baïonnettes un peu trop proches de lui à son goût. Mais pas de votre part.

–En regagnant Port Royal, je vous ai accordé ma clémence, ajouta gravement le gouverneur en les rejoignant. Et c'est ainsi que vous me remerciez ? En vous associant à cet homme ? C'est un pirate ! s'indigna-t-il.

–Et un homme de bien, répondit Will en lâchant enfin son arme. (Derrière lui, Jack se rengorgea et se tourna vers les soldats en se frappant la poitrine de l'index pour qu'aucune méprise ne soit possible : c'était bien de lui qu'il était question !) Si aujourd'hui, au lieu d'une seule, le bourreau reçoit deux paires de bottes grâce à moi, qu'il en soit ainsi. Au moins, je mourrai la conscience tranquille.

Élisabeth, qui ne perdait pas une miette de cet échange, regarda son père, qui restait impassible.

–Vous oubliez votre place, Turner, grinça Norrington, les dents serrées, avec un regard mauvais.

–Elle est ici, répliqua Will d'un ton de défi. Entre vous... et Jack !

N'y tenant plus, Élisabeth prit son courage à deux mains et s'avança pour se placer à côté du jeune homme en lui prenant la main.

– Comme la mienne.

– Élisabeth... fit Norrington qui n'en croyait ni ses yeux ni ses oreilles.

– Baissez tous vos armes, ordonna le gouverneur, affolé. Par tous les saints ! Baissez vos armes !

Lentement, les soldats obéirent.

– C'est donc vers cet homme, commença le commodore d'une voix tremblante, que balance votre cœur.

– En effet, répondit Élisabeth avec aplomb.

Norrington baissa la tête. Jack leva les yeux et aperçut de nouveau le perroquet bleu et jaune qui quittait le rempart où il s'était perché.

– Bien, fit-il soudain d'un air terriblement occupé en quittant sa place pour venir se planter aux côtés des deux tourtereaux. Je dois dire que tout cela me semble très plaisant. (Il s'avança en se dandinant jusque sous le nez du gouverneur qui fronça le nez, incommodé.) Je crois qu'on a fait des progrès... spectaculaires, hein ? spirituels ? œcuméniques ? grammaticaux ? (Il laissa le gouverneur et alla tambouriner de l'index sur la poitrine galonnée de Norrington.) Et je veux que tu saches que je t'ai toujours soutenu, l'ami, déclara-t-il le plus sérieusement du monde. Ce n'est pas une blague, ajouta-t-il en reculant.

Il s'apprêtait à partir, quand il s'arrêta auprès du couple.

– Élisabeth... Ça n'aurait jamais marché entre nous,

chérie. (Élisabeth le regarda, interloquée.) J'en suis navré, poursuivit Jack en secouant la tête d'un air désolé. (Il avança encore de quelques pas vers les remparts, puis il se retourna.) Will ? Le chapeau... (Will le regarda sans comprendre.) Magnifique ! lança-t-il avant de sauter d'un pas léger les quelques marches menant aux créneaux, tandis que Norrington et ses soldats se précipitaient, effarés. Mes amis ! annonça-t-il avec un geste théâtral, une main appuyée sur un pilier. Que ce jour reste dans vos mémoires comme celui où vous avez FAILLI me...

Et il n'eut pas le temps d'achever, ni Norrington de le rattraper : en reculant, il trébucha sur le créneau et tomba à la renverse du haut des remparts. Tous se précipitèrent et se penchèrent pour voir Jack Sparrow disparaître dans les flots une centaine de pieds plus bas.

– Quel idiot ! ironisa le lieutenant Gillette. Il ne pourra pas échapper à la corde.

Au même instant, Jack ressortit entre les vagues et recracha une goulée d'eau.

– Bateau en vue ! cria une sentinelle du haut des murailles.

Jack se retourna en souriant. Sortant de derrière les falaises venait d'apparaître le *Black Pearl*, toutes voiles au vent. Sans plus attendre, il nagea vers le bateau.

– Vous avez un plan ? demanda Gillette à Norrington. (Celui-ci ne répondit pas.) Commodore ?

Le gouverneur vint à son secours :

– Peut-être, déclara-t-il, que dans les rares occasions où la poursuite d'une juste cause impose un acte de piraterie, la piraterie elle-même peut devenir une juste cause...

Le commodore hocha la tête avec un sourire forcé et contempla le large.

– Monsieur Turner ? appela-t-il.

Élisabeth et Will, qui étaient tous les deux de l'autre côté du pilier, tressaillirent. La jeune fille leva vers lui un regard angoissé.

– Je vais assumer les conséquences de mes actes, lui dit Will avant de descendre les quelques marches pour rejoindre Norrington.

Le commodore dégaina son épée.

– C'est une épée magnifique, observa-t-il en examinant la lame que Will lui avait forgée peu de temps auparavant. Je souhaite que l'homme qui l'a forgée fasse preuve d'autant de précision et de dévouement dans tous les aspects de sa vie. Tous mes compliments.

– Merci, répondit simplement Will.

Le commodore hocha la tête et tourna les talons, suivi de ses hommes, puis il se ravisa.

– Oh, mademoiselle Swann, l'appela-t-il. Je vous souhaite à tous deux beaucoup de bonheur.

Émue par cette générosité que dissimulait une façade si sévère, Élisabeth le remercia d'un sourire.

– Commodore ! l'appela Gillette du haut des marches. Que devient Sparrow ? Devons-nous préparer l'*Intrépide* ?

– Je crois que nous pouvons nous permettre de lui laisser une journée d'avance, répondit Norrington, magnanime.

Et sur ces mots, il quitta les remparts, suivi de ses hommes, laissant Gillette perplexe.

–Alors ? demanda le gouverneur, bon enfant, à Élisabeth. C'est là le chemin que tu as choisi ? (Pour toute réponse, Élisabeth dévora Will du regard.) Après tout, sourit son père, c'est un forgeron…

–Non, dit langoureusement Élisabeth sans quitter son amoureux du regard. (Doucement, elle ôta à Will son chapeau.) C'est un pirate ! sourit-elle.

Le gouverneur, sentant que sa présence n'était plus nécessaire, s'éclipsa discrètement avec un sourire bienveillant, tandis qu'Élisabeth embrassait fougueusement celui qu'elle aimait depuis ce jour de brouillard où son père le lui avait confié.

Au large des falaises de Port Royal, les marins du *Black Pearl* lancèrent à la mer une corde que Jack attrapa et que tous tirèrent pour le hisser jusque dans la voilure. Il retomba dans une gerbe d'éclaboussures sur le pont, où Gibbs vint l'accueillir avec un sourire rayonnant.

–Je croyais t'avoir demandé d'appliquer le code ! lui reprocha Jack d'un air excédé.

–Mais on s'est dit que c'était rien d'autre qu'une sorte de… de guide, en fait, répondit Gibbs tandis que l'équipage les rejoignait.

Gibbs tendit la main à Jack et l'aida à se relever. Cotton lui rendit son précieux tricorne de cuir.

–Ah, merci, dit cérémonieusement Jack en s'en coiffant.

–Capitaine Sparrow, le héla AnaMaria depuis le gouvernail. (Jack se retourna.) Le *Black Pearl* est à vous, dit-elle en descendant et en drapant sa chère redingote sur ses épaules.

En souriant, Jack se dandina jusqu'à la barre et la caressa amoureusement. Soudain, il fronça les sourcils et jeta autour de lui des regards soupçonneux.

–Au travail, tas de chiens galeux ! brailla-t-il.

Les hommes s'ébranlèrent et coururent à leur poste.

–En avant, toutes voiles dehors ! beugla Jack en reprenant le gouvernail. En route, murmura-t-il en souriant, le regard perdu vers le large. Offrez-moi cet horizon.

Doucement, il sortit son précieux compas et le consulta en fredonnant :

Yo ho, yo ho, trinquons mes jolis…

Impression réalisée sur CAMERON par BRODARD ET TAUPIN
La Flèche — Février 2007
Dépot Légal imprimeur : 39973 - Dépôt Éditeur : 84548
Dépôt légal janvier 2007 - Édition 02 - ISBN 978-2-01-462747-3
Loi n°49-956 du 16 juillet 1949 sur les publications destinées à la jeunesse.